把爱开成一片海

王新谱　著

吉林文史出版社

图书在版编目（CIP）数据

把爱开成一片海 / 王新谱著. -- 长春 ：吉林文史
出版社, 2016.9
　　ISBN 978-7-5472-3537-9

　　Ⅰ．①把… Ⅱ．①王… Ⅲ．①散文集－中国－当代
Ⅳ．①I267

　　中国版本图书馆 CIP 数据核字(2016)第 233401 号

书　　　名：把爱开成一片海
作　　　者：王新谱
责任编辑：钟杉　　陈昊
策　　　划：丁瑞　　李丽
出版发行：吉林文史出版社
经　　　销：全国新华书店
印　　　刷：廊坊市鸿煊印刷有限公司
版　　　次：2018 年 1 月第 1 版　　2018 年 1 月第 1 次印刷
开　　　本：710×1000　　1/16　　印张：14
字　　　数：200 千字
书　　　号：ISBN 978-7-5472-3537-9
定　　　价：42.00 元

地　　　址：长春市人民大街 4646 号
电　　　话：0431—86037451（发行部）
网　　　址：www.jlws.com.cn

他追逐着人世间的美好

赵秀云

接到风子九天的散文集初稿，近一个月时间。每一次拿起来阅读，似乎都不忍放下。读着读着便感到自己和作者一起，沉浸在质朴浓郁的乡土气息和优雅的文字里了。

风子九天的作品，来自于他深厚的生活底蕴，一些情节和细节，就像随手采撷的花朵，不雕琢，不浮夸，不做作，完全从泥土中来，且带着泥土的芬芳扑进我的心扉，令我惊喜而感叹！仿若记忆里的一方净土，唱着故乡动人的小曲，似潺潺的溪水绕过几道弯，越过几道梁，从心灵深处流淌出来……多少情和爱，多少冷与暖，多少惆怅与忧伤，伴随着风霜和雨雪，感悟着生命的意义，体验着人世的沧桑，注入他的笔端。

《最美芦花》给我留下了深刻的印象，于是联想一首赞美芦花的歌。

　　芦花白，芦花美，花絮满天飞。

　　千丝万缕意绵绵，路上彩云追。

　　追过山，追过水，花飞为了谁？

　　……

文中说："我的老家在苏北，一个没有名字的小山村。村前有一条河，那河水沿着芦苇荡，流得很远。小时候，从没有走到过她的尽头，一直觉着她能通到天边。那苇，开着细碎的花。阳光里，女儿一样的乖……

城里没有芦花，更没有苇香。许是那里没有足够生长的空间，因为她喜欢安静。"

这是多么动人的诗句！这是一个散文作者，情爱深深到极致的一种感叹。

是的，好的散文就像一首诗。风子九天的散文就像用爱的旋律串连成精美的文字，用爱的眼光透视村野难以割舍的风景，用爱的音符演奏心中烈烈的激情，我不禁为之欢呼！我在阅读此文的时候，耳边仿佛幽幽地响起马思聪的《思乡曲》、莫扎特的《小夜曲》、瞎子阿丙的《二泉映月》。

优美的旋律让我联想到芦花的质朴、芦花的纯然与雅致，我就这样在文字的舞动中看清了他——一个在苏北农村长大的孩子拳拳之心。随风摇记忆，作者一刻都不曾忘记那一片生养他的泥土。他在那里长大，在那里读书，在那里育人，又用自己的文字书写着那里的灿烂与繁荣，如诗如画，如醉如痴。

他的散文之美，是因为他的每一篇作品，无不涌动着诗情画意。他用一颗炽热的心去爱他生长的那一片净土，一草天堂，一木浮生，一叶菩提，一花世界……

是的，他的散文字字句句，无不包含着世间的一切美好。他表达出来的情感，一如他笔下的芦花那般的纯美，一如他纯远的个性那般的真诚，且激情横溢，洒脱浪漫，倾尽他对故乡真挚的爱……似像舒缓的小提琴曲和二胡独奏曲。他的作品是别致的，有一种柔情似水般清澈之美，寂然之美。这种美，不动声色地蕴藏在散文的字里行间。我在读《墨香》的时候，这种感觉颇深。一个远离在外的游子，怀着一颗对故乡的眷恋之心回家过年。

"每次回家，心底总感觉有些失落。巢还在，却不见燕子。老树老屋老人，都在孤单里等。等遥远里，那一声漂泊太久的问候。炊烟，不在。红红的春联，不在。连我小时候喜欢的'出门见喜'、'槽头兴旺'也不在。在的只是，静默着的黑白相间孤单的田园……"

我看到了一幅宁静的画，那是一种极赋乡土民俗样的古朴与淳厚，句句吟唱着对故乡的牵挂。其氛围如一弯清凉皎洁的月，一抹轻柔的霞，一片婀娜的雪……无不书写着不言而喻的爱恋。新时代乡村与往昔不一样了，物质生活的丰富，使人却变得孤单了。游子回到家渴望看到昔日过年时的红火，未料冷冷清清，只好躲在自己的小天地里。喝喝酒，打打牌，看看电视，上上网。

风子九天的散文作品，不仅富有诗意般的情怀，更富有亲情和乡情的渲染。如《你好，远方》，便激荡着鲜明的音律和节奏，使我感受到一个年轻的学子对理想的追求。

"听说远方有高楼，有火车轮船，有洋米白面……长大了，我要去远方。

上大学那天，父亲送我到十里外的车站。听说我要到几百里外的远方去，转身的当口，我看到父亲泪流满面。他知道那个地方，一定很远，远得想看也看不见。

每一次回去，父母都盼得急切。每一次离开，又都催促得要命。怕天黑路远，怕风雨无常。每一次我都盛在父母的千叮万嘱里。那时，我是父母朝思暮想的远方。"

我读着这段文字，心里酸酸的，感到风子九天的散文，不仅仅是在抒情，更是在生活的历练中深深地体验着人生的沉浮，完全是鲜活的真实记录。一个散文作者能不能成器，我以为最终要取决于他的生活底蕴以及对文字的驾驭。一个热爱文学的人，必然会把生活的积累当作财富。

风子九天迈出了非常扎实的一步，他的作品是有根的，正是因有根所以才感动读者，才有它旺盛的生命力。莫言曾经说过，他要大踏步后退，退回到民间，这是一种响亮的文学立场。

由此可以看出，风子九天的散文之所以被读者喜欢，可能是因为他的文字有一种优雅的美，美得如云端飘舞下来的仙子，轻轻舒展双袖，文中交织着深深的情感，殷殷的拨动着人的心弦。

有文学评论家这样说："说到底，散文就是一种味道，文字的味道，精神的味道。"风子九天的散文，是有味道的。不只是文字安静雅致，更多是能给人一种暖，一种积极向上的力量。就像朋友间面对着面，亲切地拉着家常，句句都能抵达人的内心，而且是一种自然的温情地抵达。

好的文章是有温度的。不只是温暖人，更能给人以洞察世事之智慧。九天老师做到了。作者在《一把椅子》中写到："要做个男子汉，小时要做好父亲的拐杖，长大了要做好父亲的依靠。"；在《为你默读一段恨》中写到："无论现实多麽喧嚣，都要在心里留一块地，种上阳光，种上美好。"；在《时光是一朵盛开的花》中写到："忘记仇恨，记住爱。活在一片温暖里，你会觉得时光就像一朵朵盛开着的花。"；在《把文字开成一片江湖》中写到："我一直想让我的文字，开成自己的模样，开成莲一样的花。干净着这个世界，也干净着自己。"……只因为作者心中有爱，他的文字才这样有温度。作者的每一行文字恰似一缕缕阳光，从人的心灵暖暖地直照射过来，让人不小心也便有了温度。

好的文章是有血性的。我认为血性就是真情实感，就是一种生命的正能量。散文是一种最不能回避内心真诚品质的文体，也是离人生最近的一种文体。作者是追逐着人世间的美好走来的，他的情感是真挚的，内心世界是灿烂的，从他的文字叶脉间，能让人觉得他是一个追求真善美的人。他想做红尘里一株兰，他想做故乡一朵不染的荷花。在这个喧嚣的尘世里，能沉下一颗安静的心，去爱这个世界，去爱身边的每一个人，去爱尘埃里那些一枝一叶的美好，这不能不说是一个人灵魂至真至诚的皈依。

风子九天的文字是有生命的。一花一草、一沙一石，似乎都有灵性，在他的笔下都有一种生命勃发的美。就像他文中写到的：花开是一种美，叶落何尝不也是一种美。只要努力把自己开成一朵花，便足矣。开与不开，是自己的事，看与不看，是别人的事。活给自己，谁能说这不是一种美？风子九天的文字是安静的，是太多经历之后的那种安静，且自自然然，就像他所写的心如莲花静静开。

《把爱开成一片海》是一本集情感、生活、山水、哲思等为一体的美文集，也是作家风子九天的第二本散文集。文集由六个部分组成，其一是尘世之爱，其二是校园之美，其三是山水之恋，其四是时光之思，其五是心灵之光，其六是家乡之念。每一部分都各具特色，似乎每一份爱都浓得化不开。作者用诗人的眼光、思维和文笔去审视、发现、描写生活中那些美好的东西，然后用自己独特的文字述说出来。

纵览这部散文集，不仅充满了乡土意识，在描摹乡情和景物的时候，时刻侧重于诉说自己对于客观世界的感悟、体验，从而打开了心灵的窗户，跟读者进行恳切的动心动魄的对话，所以必然会洋溢出真挚、灼热、浓郁和深沉的感情来。这本散文集确实吸引了我，且把我带进那片泥土的芬芳。在作者的感染下，我也开始钟情那片泥土，企慕那片泥土了……相信风子九天会写出更多更动人的作品。祝创作丰收！华彩四溢。

是为序。

2016 年 3 月于北京

赵秀云

中国散文学会会员，北京作家学会会员，签约江山文学网。1986 年开始发表作品，报告文学、纪实文学、小说、散文，共计一百五十万字。2005 年出版长篇小说《无香花·有香草》散文集《心轻上天堂》。2010 年出版中短篇小说集《卢沟晓月》，2011 年出版散文集《月是故乡明》，2013 年出版散文集《生命散章》。

目 录
CONCENTS

第一辑

把爱开成一片海

后来，有另外一个女孩也留了下来，他们成了夫妻。在那座深山里，他们把爱开成了一片海。

栀子花开的清晨

清晨醒来，雨声早就在。

打开窗，老李头和他的妻，正在捡拾楼下的垃圾。每天都是这个时候，不论是寒来暑往。为能让大家睡得安稳，每次清扫，他们的动作都是极其地小心翼翼。

见我伸头出去，便小声地跟我说：吵着你了吧。我说，是我早就醒。雨里，他们回我一个笑。那笑，也很自然真诚，就像栀子花开的模样。一开门，就能看到一张幸福的笑脸，这是一个多么好的清晨。

给人一个微笑，让人感觉幸福，其实就是这么简单的。

老李头打着伞，他的老婆在伞下。从这一片雨里，走向另一片雨里。这是怎样一幅温馨的画面啊？

二十年后，也许我们就是这个样子吧。妻子说。二十年，很快的，一眨眼功夫。

回到房间，再也睡不着。脑子里，满装着那一对老夫妻的笑。

雨一直下，似乎没有停的意思。

你多久没和我一起出去散步了？妻子说。想来，真是很久没停下来陪陪妻子了。饭毕，打着伞，我们走向栀子花开的护城河。

河沿上，是一排柳，紧接着是一树树开好了的栀子花。尽管下着雨，可栀子花的那份清香依然浓浓烈烈。有很多花瓣，在树下的雨水里白得可爱。花也要老，就像人鬓间的发。感叹之余，妻子又迭忙拽着我说：你看我的头发都开始有一丝丝白了。我开着玩笑说：人老了，都会像这栀子花开。岁月既许了你青丝，当然也要许你白发。

　　走不多远，又见着了老李头和他的妻。他们正在捞拾城河里的杂物。见我们经过，便又笑开了。出来蹓跶蹓跶，我们也回他一个亲切的笑。还没吃饭吧？我问。干完了再吃，回答得爽快。看看时间，都快九点了。近年来，就觉这条河比原先干净多了，原来是他们天天在打捞。我不由得敬佩起他们来。

　　不一会，便有电话响起，估计是他儿子的电话。好像是约他们到哪儿去玩。我哪里得闲啊，不要你操心，只要你们过得好就好……

　　是儿子电话？我问。他又笑了，是媳妇的。两个人都在北京，让我们暑假就过去。你看这一摊子事，我们哪里能走得开？两位老人，早都银发如雪的，他们多像，那一河岸正开着的栀子花。

　　退休后，咱也来捡拾垃圾，给这个城做点贡献。妻子的话，让我对她更加热爱起来。

　　这个清晨，我似乎感到每处都弥漫着栀子花的芬芳。

　　天始放晴，沿着栀子花铺满的河岸，我们肩并肩走向另一片蔚蓝。

我在雨中等花开

阳台里，只有暖，而没有风雨。

原想，这个初夏里，那些花草，一定该是隆重且茂盛的。不想，一盆盆偏生得猥琐，让人看了不开心。平日里，也浇了水，也施了肥，也松了土，总不见有枝繁叶茂。莫非，这一盆盆花草要病了，似乎还病得不轻。等了那么久，仅几棵只懒洋洋地打着骨朵儿，有的干脆连骨朵儿都不打，一直蔫巴着。

是我不会养，还是它们不想呆在我家的阳台里？

天渐近秋，花骨朵儿依然皱缬着，无论怎样的精心呵护，都不理会。我担心错过这一季，怕是只能等到下一个轮回了。人生是没有轮回的，花草也未必见得有。即便有，下一个轮回里，它们还能如愿以偿地绽放吗？

秋渐深，一股股新凉入户。好多日，外面一直是淅淅沥沥的雨。秋风秋雨愁煞人，我不是愁自己，我是愁那些开不出来的花。我替他们憋屈着，憋得难受。秋风来，我真担心这些花儿，不久将随秋风去。

妻子说，把它们摆放到楼下的风雨里去吧。天天阳光炒着，许是憋闷坏了。淋淋雨，经经风，或许还能活转过来，活出它原先的样子。妻子说的也是，权当给这些花草们洗洗澡了。

清晨起，将一盆盆花草搬到楼下，放到院子中央。雨不大，点点飘落。花草上的旧意和灰尘，在湿意里，便淡淡去。站在雨里，我一边看一边兴奋。不大一会，它们个个似乎都有了精气神。慢慢地，且开始鲜鲜亮亮起来。我一直站在那里等，急切地想看到它们花开的样子。经过雨的淘洗，风的轻抚，这些花草仿佛要张开翅膀了。两个时辰之后，个个都抬起了头，像蝴蝶。谁说秋天没有蝴蝶，我分明看得见。此刻，我也来了精神，更多是高兴。想不到，这些花草是因为缺少了风雨，才这般地长不大。站在雨里，阵阵沁凉扑面，既湿意又诗意很惬意。

花开了，花都展开了唉！我惊喜地对妻子说。

真的开了？妻子似有些疑惑，赶忙跑下楼来看花开。原先打着苞的，一个个都展开了笑脸；耷拉着脑袋的，也都陆续抬起头。一盆盆，不只是洗去了旧，连那些老叶子老茎似乎都爽活鲜亮起来。

没想到，在雨里等花开，等来的竟是一份份惊喜。虽然都淋了雨，可我们高兴，为这一朵朵盛开。

光有阳光，也是不行的吧。妻子说。这让我想起一句歌词：不经历风雨，怎么见彩虹？没有人能随随便便成功。想来，那歌词编排得还真有一定的道理。

看着它们，我想起了一件事。

在宁海支教时，班里学生多是骑车或步行。唯有一女生，偏是父母天天车接车送。一天放学，正巧落着雨，其他孩子都拼命地在雨里奔跑，而那女孩却蹲在雨里嚎啕哭。怎么呼唤，都不应。跑过去，扶她，仍赖着不走。无奈，我只能陪她一起淋了雨。家长来接时，我跟家长说：上下学，不妨让小孩子自己去来，这样也能锻炼身体。家长说：从幼儿园起，就接送惯了，怕这孩子不接送都不行。我说，世上没有不行的事；那就看你敢不敢放手。要学着放开手，让她自己经经风雨。那样，也许她会比现在更见成长得快。家长点头，似乎听懂我的话。第二天，便计划试着来。一学期后，女孩果真长大了一般，不管有多大风雨，她都不再怕。

看着眼前雨里的花开，就觉和那一幕差不多。

我恍然觉得：一个人的成长，不只是只有阳光，更多的时候，还要经历风雨。人也是，花亦然。

为爱守候

池塘的苇丛间，两只鸟还在。扑棱棱飞起，又落下。站在浮萍上，时而仰望天空，时而啄食脚下那片水声。忽然间又几个健步飞奔而去，一只在前面，另一只紧随后，一刻都不曾离开这个河塘。看到这样的情景，一直在感动。这让我想到爱情，鸟儿都知道相濡到以沫，而人类有时却偏偏不能。

这两只鸟，好像几年前就见过。样子像，声音也像，连扑腾扑腾的每一个细小动作都极像。

自这一片房舍搬迁之后，好多鸟儿都飞走了，它俩却留了下来，许是因为爱情。

你可知，那是怎样的一池河塘啊！四围瓦砾从横，垃圾遍布，水上笼罩着一层泡沫和绿，是那种臭烘烘的绿。好在中间还有一块高地，一块不足三平米的高地，浮萍和苇偎依着，细视还有一丛柳，枝干直挺挺的，仿佛也是野生的。这个季节，其它能枯萎的都已枯萎，只有那柳还苍翠。几杆苍苇，一丛瘦柳，半亩方塘，两只水鸟，这便是一户人家了。这个寒冷的冬里，两只鸟儿仍能如影随形地守着这个薄凉的世界。的的确确让人感叹不已：人类，有时真的不如鸟啊！

十年前，我搬来的时候，正值秋天。那时，水清草美，芦花荡漾。就因为这样的一池美好，所以迟迟没能远走。我的房就租在隔壁，隔壁是人家的菜地，菜地里有芫荽、菠菜和方瓜。沿着河塘，是一条牛眼小道，道旁有菊盛开。这里很像我老家的水塘，满眼是绿，逼着人的眼。看着，不只是亲切，更有一种心情朗朗而痛快。那会儿，就认定这地了，再好的地方都不愿去。隔窗，我能看到池中水花，一朵一朵开。也能看到苇花，一朵朵开。水鸟也多，时不时还能看到它们一猛子一猛子扎下去，生生地咬着一条条肥鱼上来，看着好生羡慕，甚至有点妒忌。芦苇也长得好，青青翠翠的拥满半个池塘，还有菖蒲，连花都开得那么大朵大朵的洁白好看。那时，我是多么喜欢这样的池塘啊。有事没事就开着窗，让风进来，让青草味进来，让农家的炊烟进来，更多的是让那些生灵的歌声进来。那样的夜晚，我似乎能高兴地听到自己呼噜呼噜的酣眠之音。

一年一年芦花开，一年一年秋去春来。因这一片水声，偏觉心在红尘外。

春天，万物复苏，河塘也开始复苏。鸟儿便欢天喜地地跑出苇丛，齐刷刷地扑向冰雪渐融的水中央。那份兴奋，那份对于春天的渴望，怕是难以用语言形容得尽。村外桃花三两枝，春江水暖鸭先知。莫非说得就是这一片河塘吧。桃花灼灼，开在邻家的院墙外。风来，花瓣飘落，真真是一片桃花流水了。好多水鸟，追逐着戏耍那一片片桃花，看着，连我的心都是春光明媚了。

夏来，雨也来。雨天看河塘，满塘水花，雨打着苇叶，打着菖蒲，刷刷响亮。鸟儿不飞走，把头埋在羽毛里，任那风吹雨打去，它们样子着实乖巧，憨憨的天真。最喜晴日里，河塘盛开的样子。阳光下，河水闪着粼光，连草儿都青翠地闪着鳞光。不知名字的草儿，竞相开着自己的花，开得闪闪明亮着。水鸟儿戏着阳光戏着水声戏着青青草，一个浪花接一个浪花翻卷，热闹声里，我的窗户连同池塘一同荡来荡去。这样的夏夜，捧一卷书，泡一杯茶，点一盏灯，两手支颐，倾听窗外蛙鸣蝉唱，那是怎样的一份幸福啊！白日里不管多劳累，多委屈，看着这波光粼粼的池塘，听着这哗哗流淌的水声，这一刻便什么都会忘得干净。那时我就想，陶渊明有南山，刘禹锡有陋室，我便有这片河塘了。如果有月，则更好，守着这个月光倾城的夜晚，心也便开成一朵朵花。

后来，河塘枯萎。后来，鸟不再来。后来，大家都要搬走。只两三年的光景，这里就变了。变得不敢认，变得让人有些儿后怕，不敢开窗，怕那尘世的嘈杂声进来，怕池塘的腥臊味进来，怕黑暗里的寂寞进来，扰我不再安宁纯良的清梦。遥望河塘，影影绰绰的苇丛里，似乎早不见了鸟的踪影。

大家都走散了，要这一片河塘有什么用？清晨起，我又听到有鸟儿在划着水声。跑过去，果真有两只鸟，好像还是几年前的那两只，我欣喜若狂。我对它们的那份坚守，似乎要肃然起敬了。这样的恶劣环境下，还能有如此坚守，真真让我感动。

高地上，那两只鸟儿一前一后，偎依着，相互亲吻着羽毛。

那块高地，还要多久不被污染？这个河塘，还要多久不被淤积？我担心的不是河塘，我担心的是那两只鸟儿。河塘没了，你让那两只鸟儿到哪儿去？

大家都走了，我没有走。我守着这片河塘，我希望有一日这里还能回到当初的模样。

天寒，风冷，不知那两只鸟还在不在？

推开窗，远远地，我又见着了那两只鸟了。它们相偎相依着，在那一片水声里，亲密地就像一对恋人。这让我想起了《诗经》里的关雎：关关雎鸠，在河之洲。莫非，它们真的就是传说中的那两只雎鸠。

给一棵树拥抱

你多久没和一棵树拥抱了？

在去小沿河散步的路上，妻子恍然说了这样一句话。看着沿河边上的那棵老楝树，我说：不是多久，是很久。

小时候，村庄里的每一棵大树，哪一棵不曾给它过拥抱。榆树结了榆钱，就爬上去摘榆钱子吃；桑树结了桑椹，便爬上去摘紫红的桑葚吃；柳树上趴有好多蝉，便爬上柳树去粘那知了；就连长有刺针的槐树，也要抱着它去钩那槐花。最喜欢暑假里爬上楝树，爬上去，取下一颗颗楝枣子，到树下来玩撩羊窝。还有杏树，还有梨树，还有楮桃树……那些拥抱，是年少时光里最美好的记忆。有时学校操场放电影，还要爬到附近的大柳树上，蹲在树杈上，抱着一株树干看电影。树之于我们的年少，那可是最快乐最充实的偎依。

高中时，教室后有一排梧桐。毕业时，曾在一棵梧桐上写了自己的名字，也写了她的名字。毕业那天晚上，我抱了那棵树，抱了很久。多年后去看它，那棵梧桐早不在。

上大学时，经常去校园西南角的一棵银杏树下。在那里看书，在那里忧伤，在那里仰望。那棵银杏很高大，是秋天校园里最美的一处景。毕业时，抱着那棵银杏树，抱了许久，只因舍不得。十年后去看那校园，校园早已搬迁，那棵树还在，好像很孤单。我去看它时，那是一个落雪的冬天。那天雪下的很大，见它似乎很冷，我给了它一个暖暖的拥抱。在那棵树下，我想起那个她，还有他们。许多欢快的回忆花花来，我的眼泪也哗哗落。我的大学生活，是从一棵银杏树下开始的，也是在这棵银杏树下又结束了的。

毕业后，回到另一个乡下。那里没有太多的树木，只在学校大门两侧，栽有两棵绒花树。绒花开在夏天，开成一把把粉样的小扇子，开得可爱开得欢喜，一直能开到学生返校。她开的时候，学生们就要走。在绒花树下，好多学生抱着我和绒花树照相。后来，我在自己的院子里栽了一棵梧桐，它和我儿子一般大年龄，我就把它当作儿子。十年后，我们又要搬家，要搬到县城去，我极是舍不得那棵梧桐。那棵梧桐，在我的十年里，时不时还能让自己想起高中，想起她。梧桐有两把粗，就像我少年的儿子一样健壮。走那日，我有太多的舍不得。为了生计，我们又不得不离开。后来我回去看过两次，它早就长在人家的院子里，长得枝繁叶茂。我跑过去抱了抱它，抱出一身汗。那人家说，喜欢就挖走吧，看你那么有感情，过几年学校要改造，怕也碍事。听后，很伤心，以后再不知它的命运了。不想去打听，只愿它能好好的，过得开心。

来城里快十五年，似乎再没见过有几棵像样的树。那时，就想在阳台里种一棵。后来，写过一篇《我想在阳台种棵树》，发在《圮桥》杂志上。那只是一种想，即便到了现在，也未能栽种起来。

好多次回故乡，早已不见了年少时的那些树们。

记忆里的那些树，它们已经消失在老去的岁月里。连想拥抱一下，都没了机会。

春上，同学聚会，要回母校。大家还在四处找寻，上学时的那些梧桐树，一棵都没见。刘校长似乎很讨好地跟我们说，都让他换成了清一色风景树。只有一棵早干枯，在一住家户的墙头外。我们一起跑过去，抚摸着那半截歪倒的梧桐照了相。似乎只有那半截树，才能让我们回想起风华正茂的高中时光。

小沿河这棵树，她叫楝树，是我们年少时，常见的一种树。没想到，她还能长得这么好，还能坚持长这么久。最喜欢她树上结出的枣儿，圆圆的，亮亮的，就像年少时的满天星星。摘下来放在手心里，耳畔仿佛有小时候的欢声笑语传过来……

我给了她一个拥抱，紧紧地。抱着她，就觉自己还是少年时！

幸福像花儿一样

下班归来，每次都能看到小河边的夕阳里，坐着两位老人。四季轮回里，他们似乎早成了一种习惯。即便是寒冷彻骨的冬天，他们也要来，看会儿夕阳就走。

这会儿，夕阳正好得很。风里，梧桐的叶子像花儿一样，翩翩跳着舞。

河边开满了菊，红的黄的煞是好看。河岸是一排梧桐树，梧桐树下有一张木椅子。那块地，几乎成了他们幸福的阵地。即便有人坐着，见他们来，也便主动让开。老太太坐着轮椅，围着一条毛毯，只忙着笑，未曾见说过话。老爷爷一边说着话，一边捡拾落叶给她看，掐着花草给她看，似乎在告诉她，这一朵是梧桐的叶子，那一朵是菊。老太太笑着点头，好像听懂了老爷爷的意思。幸福就是这样，一天天如花儿般绽放。

老爷爷手里一直拿着个包，包里有奶壶，有卫生纸，还有饼干之类好吃的东西。渴了，喝口奶；饿了，吃点饼干。老太太就像一个孩子，吃饱喝足了，就歪在那儿眯着眼安详地睡。老爷爷时不时用纸给老太太擦擦嘴，又擦擦手。夕阳的暖，透过梧桐稀疏的叶子，照在老太太的脸上，散发出红润润的光芒。有小虫子飞过来，老爷爷便用小扇子轻轻地赶开。老爷爷不时还哼着小曲，是大家听不懂的那种曲子。这曲子，许是只唱给老太太听，老太太懂就好。看上去，老爷爷脾气很好，不急不躁。又尿了，又尿了，怎么又尿了啊……老爷爷拉长声音笑嘻嘻地说。似乎这样的忙碌，心里很开心也很满足。

梧桐树下，有几个老人常来这儿打牌。看过这一幕，有时极能看出他们的羡慕来。老哥，你幸福啊！幸福啊！幸福幸福，她在就幸福！老爷爷露出满意的笑容。看他们打牌，老爷爷也和老太太打。老太太的牌放在一边，整个过程全由老爷爷操作。每出一次牌，都要拿给老太太看。你出的是 J 梅花，我没有梅花，得用 K 王打，看准了，我没应孬吧。老太太看着，微笑着点头。这一局你又赢了，老爷爷替老太太高兴。他们之间，似乎有太多讲不完的话。

十一放假，儿子媳妇要回来看咱们啦。老太太听说儿子媳妇要回，似乎很激动，身子不由得连着晃动。放心吧，我一定把你打扮得漂漂亮亮的，不让孩子们担心。老太太笑着又点头，眼里充盈着泪花。

常言说，少是夫妻老是伴，什么都有，不如有个伴啊。即便什么都不做，什么都做不来，就在那儿躺着，心里也会觉得踏实和幸福。一个白发苍苍的老爷爷很有感慨地说。牌打完了，几个老人不情愿地离开。明天再来啊，明天再来啊。几个老人的声音，在这个秋里显得有些儿凉意。

夕阳里，老爷爷和老太太还在打他们手里的牌，似乎还都没尽兴。

夜幕降临，老爷爷扯长声音喊，走喽，回家吃饭饭去了，看电视视去了。

看着他们远去的背影，有时连我都兴奋不已。这份高兴，就像老爷爷手里举着的那朵幸福的野菊花。

隔着一条河流去想你

南大河在城外，她是能把喧嚣和安静隔开的一条河。

没事的时候，我经常去南大河。有时，我会带多多一起去。多多，是儿子从江南带回来的一条小狗。多多喜欢南大河，一说去南大河，它就高兴，好像那是它的南大河。

跟我几个月时间，多多仿佛也不喜欢城市了，因为城里没有它的去处。就连找个避人的地方撒泡尿，都要费好大周折。去南大河，它能一路高兴得想哭。在那里它撒着欢，狂吠着，几乎是忘了我。关键是，它能脱离笼子和锁链的束缚，一个人欢天喜地去。一会儿树林，一会儿沟渠，似乎还有鸟儿需要追逐。看着它活蹦乱跳的样子，怎么看怎么就觉得多多像我的童年。

好多人都喜欢去南大河，那儿不光是空气好，那儿的绿色几乎能倾了城。那儿不只是地方大，那儿的天空也极其宽广。站在那儿，你能看到蓝天白云，看到青青草和庄稼。顺着河流，一直看下去，你甚至能望到故乡。所以想家的时候，我也常会去那儿。一到那儿，一闻到那里土地的气息，我仿佛又回到了年少。看到绿油油的庄稼，看到清粼粼的河水，看到牛羊和荷锄而归的农人，我的心在那一刻都要起伏成远山。坐在草地上，坐在狗儿欢腾的河岸边，我会想到童年的玩伴，想到放学后挎着篮子割猪草时的情景，想到庄稼地里和父母亲一起挥汗如雨的样子。想起这些，似乎还能找到自己，找到最初单纯的自己，找到不带任何势利和铜臭味的自己。一想起来，就不想停。

这个时候，我也会想起，小时候老家里养的那条小花。那条狗特温顺，特懂得人情世故。你走到哪儿，它就跟到哪儿，就像你的忠诚卫士，直到它十年后老死。那条狗死了之后，老家里似乎再也没有喂过狗。长大以后，有时觉得，有些人还不如狗，不如狗忠诚，不如狗能知道感恩。

儿子给我带回的这条狗，品相极好，是一条来自西柏利亚的名犬，叫哈士奇。它的毛色和身段，极像小花，只是它的性格有点儒，更多是二。我喜欢二的东西，因为它心地纯良，不会跟人要心眼。喜欢是喜欢，就觉我不是一个能养狗的人。主要是因为忙，没有时间，我也不知道时间都去了哪儿了。

多多的丢失，一半是自己要跑，一半是我要放逐。儿子是好意，给我弄只狗带着玩。哪里有时间带它玩啊？我连自己都带不好。有时就想，与其让它跟着我受罪，还不如将它送了人家。许是因为有了感情，一直未能舍得送。

一日，去市里开会，第二天回。多多从笼子中跑出来，早把我们家一到三楼作践个底朝天。沙发被咬，枕头被咬，连毛巾肥皂都被咬，垃圾撕扯得到处是。还在卧室里，尿了几泡尿，拉了一坨屎。回来后，推门，多多仿佛罪犯一般，低着头，趴着一动不动，眼中似乎有太多的委屈和埋怨。上楼，那个气再未能忍得住。接连拍打了几下后，便敞开门赶它走。我气愤地跟它说：你走吧，走之后永远不要再回来。关在门外，一个晚上，也不见它走。那个时候，你知我心里有多难受。那一次，我是流了泪的。

后来，不知怎么就丢了。那一次，和往日一样，它在前面跑，我在后边跟着，我们一起去南大河。没想到，它竟消失在熙来攘往的人群中。许是，它受够了整日被关锁的虐待。它要逃，它要逃到一个有自由的地方去。找了几天，再也不见。后来，我就去南大河守，我期待着它会从哪块草丛里跑出来。跑出来，和往常一样，两把搂住我的脖子，或亲我的脸。左等右等，都不见它来。那段日子，你知我有多落魄，不只是有泪要流，更多是连吃饭睡觉的心思都没有。我为它留着一扇门，那扇门开了很久，却始终不见它回。后来，写了一篇《为你留着一扇门》，发在去年的九月十六号的新浪上，算是纪念。

即便过去了大半年，我的怀念仍一直都在。笼子和吃饭的碗，我都还为它留着，连同刚来时的那一身衣。就是现在，我心里仍一直设想着，它该是幸福着的。它跟了别人，一定会比跟我要好。它那副顽皮可爱的样子，谁见了谁都可能给它幸福，谁见了谁都可能会爱得死去活来。我总有一种直觉，某一天它一定会回来。它要是能回来，我一定好好待它。买好东西给它吃，一有时间就带它去南大河撒欢。人啊，有时候真是贱，常痴缠在一起时，而不好好珍惜，一旦失去，偏又觉得有一种遗憾和惋惜。

每个周末，我都要去南大河。隔着那条河流，就觉多多还在对岸的某个地方等着我。

有人说，人生的每一次遇见，都是久别重逢。相信，这个尘世间，余生我们还能遇见。

美丽的蟪蛄

蟪蛄，我们那儿叫金姐儿。其实，她就是小蝉。

开始，我们一直叫她知了。叫着叫着，才知不是。书上说，知了是大蝉，声音高亢，肉肥味美。好多年都认为，蟪蛄是大蝉的孩子，将来某一日也一定会长成大蝉。等啊等，等了好多年，总不见她长大。原以为她们是一年一生的，后来才知他们要在地下生存三四年甚或更久。那么长时间的执着坚守，我不知是为了谁？听说北美有一种蝉，在地下要憋屈十七年。十七年啊，这是一个怎样的漫长呐。在某一个黄昏后冒出来，连风流一阵子都来不及，便要匆匆去。

就觉小时候蝉很多，多得让你躲都躲不开。晚上睡在打麦场上，或树底下，咔嚓咔嚓，就会有一个个小东西爬进你的被窝。清晨起，房前屋后草木枝丫上，能看到好多好多的蝉和她脱去的一件件衣。那时却不知道这东西能吃，只觉她叫得好听，长得好看。晚上捉回，放在竹筛下或鱼楼中，看她美丽蜕变。原本以为，那样的转身很轻松，仿佛只是换了件衣服。其实不是，她是带着撕裂着的疼痛的，就像一个新生儿要诞生。这样的蜕变，可能是在剧痛之后才有的一次惊艳。难怪，伟大常常是要伴随着艰辛而至的。

最喜欢她刚刚蜕变出来的样子，漂亮死了。干干净净的，白白胖胖的，翅膀儿就像两片绵软的丝帛。她不叫，只乖乖地趴在你的胳膊上，就像一个懂事的孩子，肉嘟嘟的，粉嫩嫩的，可爱极了。后来，色彩儿渐渐地由浅变深，一点点地暗下去。约莫一支烟的功夫就长大了，小胳膊小腿都坚挺起来，连翅膀儿也都硬硬的。不在意，忽而逃开，飞去别一个高枝。

夏天一来，蝉声就跟着来，且来得铺天盖地，此起彼伏，有高亢着的，有沉吟着的……只有蟪蛄的叫声单一而持续，从头到尾就只嗞的一声。

那时候，很少会留意蟪蛄的。总觉得她还是个小小孩子，不忍看吧。

不知从哪年起，人们开始学会，把那一个个肥大的蝉虫油煎了吃。听说，是城里人先开的荤。后来，大批的蝉虫便由乡村往城里运。夏日里，无论哪一个清晨，你都会看到，菜市场的某一拐角处，围满好多人买蝉虫。五毛钱一只，好像是吃上了瘾。听说，每天都会有成千上万只被消化掉。

每次经过菜市场，都不忍看。仿佛每一次过，心里都会有不一样的酸痛。

鸣蝉是越来越少，蚱蝉也是，早已不见抑扬顿挫。即便被捉剩下了几只，也躲在树的高枝里不敢大声喧哗。感觉好些年没听见蝉声了，回家沿着河岸走，所见的多是蟪蛄。可怜见的，她们就像一群群没人疼的孩子。把衣服脱扔在一边，只躲在看不见的地方嘶叫。那声音并不特别，总一直嗞下去，就像热油锅里倒进去一瓢水。

小时候，极不喜欢听那种一贯到底的声音，听得人心里烦乱。现在还好，因为没有别的蝉声可以听。听来，就觉那声音偏有一种久违的亲切感。

蟪蛄是蝉科中较小的一类，身体也就半个拇指肚儿大。许因捉不上手，怕更是吃不上嘴，所以才活得好。它的存在，似乎让人觉得天下还有蝉。我怕哪一天贼人来，连这小家伙都不放过。这世界，可就真地安静了。

蟪蛄这小家伙，果真灵巧。没成想，会把自己保护得那样好。隐伏在枝干上，就算是循着声去找，也不容易被发现。等你凑近，它早早做好准备，噗嗤一声飞得远远的。

听说蟪蛄过不了冬的，所以不知春秋。后来才知道那是《庄子.逍遥游》中的句子"朝菌不知晦朔，蟪蛄不知春秋。"意思是：朝菌是朝生夕死，所以它不知道阴历的月初（朔）月底（晦）。蟪蛄过不了冬，所以不知春秋。意指生命短暂，总会错过一些美好的东西。

之于蝉，到底什么是美好的东西呢？没人知道。数年的地下生存，她只想出来透一口气，只可惜近些年连好一点的空气都没有。然后贪婪地叫一声，这一声也未必叫得响亮，叫得人人皆欢喜。

必定她来了。她要理直气壮地告诉每一个世人，我真地来过。来过，就要歌唱。

小时候，从没正眼看过蟪蛄的真容。今日捧一朵在手，倒觉得她是那么美丽。青衫薄衣，窈窕妩媚，小家碧玉一般。

百度里说，蟪蛄，动物名。蝉类。吻长。体短。色黄绿，有黑白条纹，翅膀有黑斑。雄体腹部有鸣器，声音响亮。小时，最烦她了，小模小样，只一种腔调。不知现在，怎么就可怜起她来。

在乡下，看见一排排蟪蛄吱吱吱地叫。不知怎么，似乎觉得她的鸣叫竟如此地好听。

人生之短，短而不自知，听来真真地悲切了。孔子歌："违山十里，蟪蛄之声，犹尚在耳。"我不知道孔子所说的蟪蛄，是不是今日之蟪蛄。

可是一想起她的不知春秋来，就觉得伤心。那么好的春秋时光，她怎么就熬不过去了呢？

人和蟪蛄比，是该好好学着珍惜眼前这份美好了！

蟪蛄这名字固然好，可我还想叫她金姐儿。

最美的行走

十年前，我来县城时。就见一个女人，一只手托着地，一只手拄着根不足一尺长的短木棍，在河边的柳荫下，匍匐着前行。那天看了许久，见她要倒下，便急忙跑过去扶起她。她谢了我，然后继续艰难地走她的路。

去学校，每天早上都要经过广场。每次经过，每次都能看到她以这样的姿态行走。跌倒了，爬起来。再跌倒了，再爬起来。常人走路，似乎都有走够的时候。而她，却能天天坚持得下来。每次见她，每次都会生发出太多的同情和怜悯来。那时偏想：生活中怎么还有一份这样的艰难行走，需要经历。

后来，我离开了那所学校。后来，一直再也没有看见她。

立秋前的一天晚上，去东广场散步。在一条林荫道里，又看到一个以这样姿势行走的人，我一下子惊住了。这不是，我十年前看到的那个女子吗？十年了，她还在坚持以这样的姿势行走？我不禁肃然起敬起来。

走过去，很关切地问：阿姨，十年前也是你在这儿行走的吗？她抬头看看我，笑了笑说：你是？我说：十年前，我在宁海教书，那天见你摔倒了，便跑过去扶起你。她拉着我的手说，得谢谢你，得谢谢那些扶过我的人。没有你们的一次次搀扶，我怕不会走到今天，也怕不会走得这样好。说后，她又匍匐着跑给我看。

十年前，我开始学走路。每走几步都要摔倒，好多次都摔得鼻青眼肿，可我一直没放弃。开始那会儿，我都要躲到河边的树下去，我怕别人看了笑话，也怕吓着孩子。多亏那些过路者，每次见我摔倒，每次要跑过来扶起我。世上还是好人多啊！

十年，真的很快，不想，一晃都走过来了十年。她似乎很欣慰。

十年前，医生跟我说，我的后半生可能要躺在病床上了，也可能过不了五年，就会肌肉萎缩而死。那时，我曾一度绝望过。老公去世早，儿子媳妇又都在外地工作，要是我倒下了，该给孩子造多大的罪。一想到这些，我就重新振作起来，我不能让我的腿萎缩了，更不能让自己成为孩子的累赘。那时我就想，只要坚持，没有过不去的火焰山。就是爬，我也要坚持爬行到最后。不想老天厚我，让我走过来了，走出来了。没想到，我能活过十年，还活得好好的。现在，我不只是能行走，我还能照顾自己。就是儿子媳妇他们回来了，还能做饭给他们吃。

老太太说得高兴，我也陪着高兴。而我的眼里，丝丝有泪。

我这样的行走姿势，是不是很难看？老太太突然问我。

我说：姨，你走路的姿势不是难看，是真的很美。她笑了，笑得很达观。净哄我开心！我说：真的，我们都很敬仰你！在大家心里，你的行走是世间最美的行走！她又笑了，是那种满足且激动地笑。

儿子媳妇回来，每次都不想让我再出来。儿子几次要买轮椅，我都拒绝了。儿子还要雇个保姆服侍我，我都没同意。我跟儿子说，我已经习惯了这样的行走。坐上轮椅是舒服些，可时间一长，那样就完了。是不是我行走的姿态太丑陋，让儿子媳妇没了面子？我说：哪里会，是他们担心你老了，一个人走路不方便。

也是，她边说着话，边笑着往前走。

大妹子，我能像你那样走路就好了。一个坐着轮椅的老男人说。

你那是福气啊！有老婆子推着，有轮椅坐着……

一阵说笑声中，老太太又以这样姿势，行走在茫茫人海里。

天堂鸟声

小区老李头死了，死在一楼的车库里。死的时候，只有两只鸟在。

平常天不亮，老李头就提溜着两只鸟笼子去公园了。可那天，偏没一人见老李头出门，只听鸟儿一个劲地悲悲戚戚地叫。门卫老赵觉得奇怪，便过去看个究竟。推门，见老李头早已冰冷。老赵吓了一跳，赶忙遣人通知其子女。

若不是有两只鸟在，老李头怕腐烂了也不被知。

几年前，还能看到老李头和老伴，天天说说笑笑一起去散步的。即便有风有雨，也都不曾阻隔。见他们两个成双入对地出出进进，许多人都投来了羡慕的目光。看人家老李，都那么大岁数了，还相濡以沫好掉头。每次小区里有夫妻吵架，都要拿老李头来做榜样。有人说，就是极艰苦的年代，老李两个人也都没红过一次脸。

前些年，逢年过节，儿子孙子都要从遥远里回来。那时，每天都能看到老李头，一脸的笑意盈盈。自老婆去世后，老李头像是变了一个人。刚开始不出门，也不见说话。后来偶尔出门，也是一个人踽踽独行。看上去像有许多心事似的，到哪儿都停不下来。他所走过的地，都是以前他们老两口经常转悠过的地方。就连小河边的那条长椅子，他一坐也都是长半天。摩挲着椅背，又摩挲着椅面，似乎有太多的舍不得。

有一段时间，很少见老李头出门，每天只和鸟说话。媳妇见老李头不出门，时常鼓捣说：爹，广场上那么多老年人打牌、遛鸟、跳舞，你没事不能也去转转吗？老李头只是说，知道，没事，要是忙，就别回来。见老李头有些不耐烦，媳妇也不便再说。老李头耳朵有些背，一辈子很少有几次离开过老伴。去哪儿，似乎都感觉提不起神来。也许做儿女的，很少能理解老来孤独的那份儿心。

儿子见父亲一个人有些落寞，便从城里的花鸟市场上买来两只鸟。鸟长得很好看，声音也中听。一开始老李头不喜欢，就觉唧唧喳喳地挺烦人。后来，似乎找到了可倾诉的对象，不知觉地竟喜欢上了那两只鸟。有了这两只鸟以后，就觉老李头比原先开朗了许多。

后来有人说，老李头屋里有女人。每天夜里，都能听到老李头在和一个女人交心。老李头在和谁说话呢？大家伙，都觉得奇怪。老赵头不信，因为他从未看过有陌生女人夜间走进老李头房间。一天晚上，门卫老赵专门去听房。着实听到，老李头在嘤嘤地哭。推门看，床头是一个鸟笼子，并没有传说中的女人，连忙退了回来。

后来，再有人说起老李头有拐女人的事，老赵就第一个站出来澄清。别瞎说，那是老李头太寂寞，一个人在和小鸟说话呢。

后来鸟死了一只，老李头几天也不吃不喝，听说还大病了一场。

自从那只鸟死后，活着的这只鸟也一直很少叫，给什么东西也都不怎么吃。没办法，老李头便带着这一只鸟去广场散步。看到有更多的鸟在，那鸟便活蹦乱跳起来。为能让这只鸟欢天喜地，老李头每天都要提溜着鸟笼子去广场。鸟是喜欢叫了，可叫声已大不如前，好像多了几分孤独。

老李头总安慰这只鸟说，等端午儿子回来，再给你买个伴。那鸟听后似乎很高兴，一直唧唧喳喳地对着老李头叫个不停。

端午过后是中秋，中秋过后是重阳，重阳过后是元旦……儿子一直都没有回。后来那只鸟也死了，死在大雪飘飘的冬至。

儿子终于回来了，回来的时候正值春节。见父亲没了鸟像没了魂似的，便不知从哪儿又弄来了两只。这两只鸟，看上去比原先那两只要大得多，还要珍贵得多，可老李头似乎一点都不太稀罕。

儿子走之后不久，老李头就死了。

得知父亲去世的消息，儿子直哭得死去活来。送葬那天，老赵专门走过去对老李头的儿子说。小李子，那两只鸟别忘了挂在你爹的坟头上，多放点食，让你爹时常还能听到鸟声。要是有时间，就不妨一年半载回来家看看那只鸟。

过了好长一段时间，仍有人说老李头的坟地里有鸟声，不知真假。

把爱开成一片海

这是我一个同学的故事，他叫文清明。

八八年，师范毕业后，文清明就去了甘南一座山里支教。

本打算支教三年，文清明一去就没有再回来。

不是因为感动才留下来，而是因为自己不再能离开。这是文清明，跟我说的最体己的话。每一个孩子，都没有离开过大山，他们更没见过海。文清明对孩子们说，中学毕业后，就带他们去看大海。文老师的话，让孩子对外面的世界开始有了向往。

刚毕业的时候，他写过几封信给我。从他的信里，我读出了山区的苦和孩子们上学的艰难。我写信给他，要是熬不下去就回来，他的家人也让我劝他。开始他只是说，三年后再说吧，他必须走完这三年的路。那里条件很差，没有人愿意留下来，一起去的几个学生，都陆续回。他说他不能回，他回去了，那里就再也没了人。

有没有人，这是政府的事，不关你的事。可能是道不同不相为谋，后来他再也没有来信。

三年后，原以为他要回。那一年他没有回来，他的母亲很生气，就觉白养了这么一个儿子。写信去催，甚至是骂，他都没能请醒过来。被骂急了，似乎他的字也越来越少。最后，干脆连信都不再写。

他的家在海滨，是一个美丽的城市。那里是孙猴子的故乡。在山里，他把猴子的故事，一遍遍讲给孩子们听，听得孩子们手舞足蹈。他说，唐僧取经，只因历经九九八十一难，最后才取回真经。人来到世上，也只有经受一番苦难后，才能成长。他的每一个故事，似乎都让孩子们看

24

到了希望，也让孩子们忘了忧伤和苦难。在孩子们眼里，文老师就是上天派去，播撒快乐和希望种子的菩萨。三年之后，他不再能离开孩子们，孩子们也再不能离开他。他答应过带孩子们去看海，千山万水，谈何容易，然而那颗执著的心却一直没变。他想让孩子们好好读书，等一个个都考取大学，走出大山，他们自然就能看到海了。

零五年他回来了，带来一个小女孩。女孩子叫年小玲，她叫他老爸。女孩病了，怕是不久将要离开人世。三年级的时候，她就跟文老师说，在文老师走之前，一定要到文老师的家乡看大海。这孩子，怕是等不到了。

老师，我想跟你去看海。文清明答应了她。为能延长女孩的生命，文清明鼓励女孩一直坚持到六年级。他向母亲要了一笔钱，他说要谈女朋友用。母亲不同意，也没给她寄钱去。九十年代，乡村教师一二百元钱的工资，究竟能解决多少问题？父母不给他钱，就是想控制他，逼他早早回。他的工资，几乎都用在了孩子们身上。看到那么多需要帮助的人，有时他感到无能为力。

回来那天，我去看了他。他一脸的疲惫，没有惊喜，只是心疼。原先的又白又胖，已变得又黑又瘦。我不知道，他是不是还叫文清明？从他粗糙的纹理间，我能看出大山里的艰辛，还有他的不易。他似乎有些木讷，好像与这个文明的世界早有了格格不入。父母见儿子那样执著，最后拗不过，只能流着泪由他去。他带年小玲看了大海，看了高楼和火车。他给了一个生命最后的欢笑。走的时候，他给孩子们买了衣服，买了玩具，买了书本，更多是带了一些贝壳和海砂。他想把城市的文明带回山里去，它想把大海带进山里去。千里迢迢来，又要千里迢迢走。父母的劝说，只能化成一双双泪眼与无奈。

小女孩回去不久，就离开了人世。她走得很安详，睡在文老爸的怀里。因为，她第一个看到了大海。

为能让更多的孩子看到大海，他执意留了下来。

后来，有另外一个女孩也留了下来，他们成了夫妻。在那座深山里，他们把爱开成了一片海。

最美芦花

沿着风的方向，我终于找到一群芦苇。在乡野的荷塘里，开着花。

好多年没有见，只想一心扑过去，给她一个坚实的拥抱。那荷塘，好像被遗忘了很久。躲在偏远里，只剩安静。苇，开着细碎的花。阳光里，女儿一样的乖，抚弄着这一片蓝天碧水。隔岸，我们安静地对望着，谁都没有说话。那种亲切，仿佛青梅竹马的田间丢失了多年的邂逅。一种说不出的激动，在风里停不下来。

苇，还是当年一样的纤巧。只是多了一份从容。开出的花，依然那么清纯，没有变。十多年没有见，我想肯定会变得认不出。然而不是。红尘几番曲折，她竟能这般守得住，且没有一丝慌乱。看着，感觉有些儿心疼。

城里没有芦苇，更没有苇香。许是那里没有足够可以生长的空间，因为她喜欢安静。能静得下来，那该是一种怎样的修为。她有一个特好听的名字，叫蒹葭。我特别喜欢那名字，清秀若邻家姐姐。初中时，读那篇从《诗经》里走出来的文字。心，便一阵子激动。因为懵懂，所以喜欢。那是我最早就能熟背的诗句。不知什么意思，就觉优美。凡优美，皆喜欢。蒹葭苍苍，白露为霜，有位伊人，在水一方。那种诗意的向往，就是到了今天，也总能让我经年的心窖，平添一份美丽的羞涩。

我的老家在苏北，一个没有名字的小山村。村前是一条河，那河水沿着芦苇荡，流得很远。小时候，从没走到过它的尽头，一直觉着她能通到天边。所以那时，沿着芦花盛开的方向，好多人总想往外走。那河，不只有怎样一个名字。是汶河，还是圩河？没人说得清。习惯了，我们都叫她苇河。我想一定是。河宽不足三十米，上上下下满满的芦苇。密密的，夏日里连捕鱼网都很难扎得下。站在村后的山上，向下看。秋日里，那是怎样一条锦绣的缎带。优美地伸展开来，让你有一种说不出来的高傲。

最喜欢九月芦花初开的样子，嫩黄色的白，从清翠里钻出来，温柔地舞向空中。入秋，水清浅。两岸是茂盛的苇。水走了，鱼都留了下来。许是因为喜欢这里的苇香。天不热不冷，这里便成为我们青春年少最美的天堂。芦苇，在风里开着自己的花。风吹来，花香满地。飘在头上，落在赤裸裸的脊背上。痒的，让你心里翻飞着快乐。

很少有人写过芦花的香，我总是纳闷。那么好的一束灿烂，那么好的一群灿烂，那么好的一河灿烂。怎么没有人去刻意地赏。那花，开得多安静，从不张扬，也不做作。一天天的，由嫩黄变为粉绿，然后着一腮的红。在风里，跳着欢快的舞。那体香，清纯酥润。既是一种静，更是一种暖。彷若清晨里的露，从泥土里来。湿润，绵柔，且有一丝儿甜。细品，慢慢的，有一种成长后的矜持。然后是温暖。世间，很多花，都或多或少地饰了粉黛。远远里，惑着你的心。然而她不是，就是一种简单与干净。有人说，她之所以生长在乡野，原因多于此。我最怕那种，涂了浓浓胭脂的味道。怪怪的，让你喘不过气。

童年的时候，我们最喜欢在芦花荡里奔跑。那场景，是诗书里很难看得到的。那种诗意，那种释然，那种放肆，干干净净。我想，几世也未必才能修得到。记忆里，至今还有苇眉子划过的忧伤留在那。那天，夕阳很暖。我们一群童年的玩伴，聚在苇地里，用苇的叶子裹成笛。想吹出一片响亮来，不小心竟被划出一段鲜红。邻家姐姐用唇吮出那丝丝殷红，然后用泥土敷住伤口。然后再用苇叶裹紧，放在她的衣衫里。那天我没有哭，倔强地就像一株芦苇。现在想来，心间仍有一片暖。

时间太仓促。

童年的玩伴，都分开在天南地北。大家都有了孩子有了家，很少时间再能见。今年清明，几个相约回来，老得都不敢认。可依然能够想起那片芦苇，想起那河花香。

时间一直在。

如果有来生，我就做一棵芦苇。在秋天里，开着自己的花。

我们和这个世界都爱你

节后和学生聚，郭婳也来了。

她搂着我的肩膀说：老师，我们和这个世界都爱你！这句话好熟，可我怎么都想不起来。郭婳把本子拿给我看，的确是我的笔迹。二十多年了，那个本子她还保存的这样完好。

想起来了，那是毕业时，我写给郭婳纪念册上的一句留言。

郭婳，二十年前带过的一个学生。那时，她穿着朴素，身体瘦弱，性格怪怪的。一向独来独往，很少与人说话，整日里板着一张脸，好像每个人都欠了她似的，所以同学和老师，很少有人喜欢她。高一时，学校给了班级三个贫困生补助名额，班干部推荐了她。我在班级中公布的时候，她不但不要，反而在课堂上把几位班干部大骂了一顿。她的自尊心好像一下子受到严重伤害似的，一个劲地要求转班。后来没转成，她这种性子，哪一个老师能敢收。

食堂李师傅打饭，多给了她一点。她不但不感谢，反而不无好气地责怪人家：我吃不下，早就说过吃不下。还把碗筷向人家摔。李师傅找到我，非要学校好好治治她。我跟她淡，希望能给李师傅道一个歉。她死活都不肯，还言之凿凿地替自己开脱，我已经说了吃不下，他还给我，可怜我啊，神经病啊，凭什么？不上我都不道歉。最后，我只能道歉了。

一次运动会，我让她报跑一百米。跑可以，拿不到成绩不要怪我。她冷不丁地回我。那一次，她果真跑了年级第一。我在全班表扬了她，她站起来大声说，多大点事，再表扬，以后什么活动我都不参加了。

任课老师似乎也怕了她，表扬不是，批评也不是，帮助不是，不帮

29

助也不是，只好由着她的性子。

第一次，遇到这样事时，我也很生气。后来，习惯了，也能容得下。自己的孩子，不容也得容。此后了解得知，郭姗五岁时，父母就离异，从小就寄养在外婆家。外婆喜欢打麻将，很少顾及她。表弟表妹似乎也不待见，她一直觉得自己是个没人要的孩子。时间长了，越发显得孤僻和冷漠。好多次，舅舅舅妈撺掇外婆，将她送人，可外婆就是舍不得。知道这事后，她把舅妈家的盆盆罐罐打了一通。

毕业时，她连毕业照都不愿照。那段日子，班级学生分别找同学和老师写留言，却没有人找她写。坐在教室的一隅里，她显得特孤单。放学的时候，她跑到我的办公室，似乎很小心，让我给她写几句话。记得那时我写了这句话：郭姗，我们和这个世界都爱你！写完，见她一溜烟地跑开，似乎很高兴。

……

二十年没有见，她都要四十岁了。言行和举止，似乎不再是从前那个薄凉和固执的小丫头了。

老师，真得要谢谢你！

谢我什么？三年高中，我并没能帮助到你。

只这句话，我得谢谢你！因为你的这句话，我改变了自己！原以为，每个人都看不起我，都鄙视我。我把自己包裹得严严实实的，我害怕受到伤害。那时，总认为大家对我的爱和帮助，是一种怜悯，是一种施舍。踏入社会之后，我才知道学校好，还有那么多人爱着我，关心着我。毕业后，一想起学校那段时光，就觉得是自己太自我了。其实，每个人都是爱我的。踏上社会之后，我渐渐学会了爱，学会了融入。

你不觉得我现在变了吗？变得对生活有信心了吗？

我笑了，没想到一句话的力量会是那么大。临走时，我对大家说：人生很短，都要好好的。

大家似乎有些儿不舍，都默默地点着头。

是的，一句话能化解冤仇，一句话能温暖寒凉，一句话甚至能让人重生。

第二辑

校园里的花开叶落之美

最后，还是给她写了这样一行字：无论现实多么喧嚣，都要在心里留一块地，种上阳光，种上美好。

母校最后一棵银杏树

去 C 城出差，好几次想去看看大学时的母校。只是想，没敢行动。二十年了，再不去就老了，所以一直放不下。

那天，有风，风刮着落叶就像一首首诗。看到秋天这诗样的飘落，不由得就会想起母校那棵又高又大的银杏树。银杏树长在学校的后院，那里有一座高台。每年秋天，银杏叶子飘落，大家都会捡拾一些最美好的一两朵，珍放在自己的书页里，我也是。这种做法，仿佛早就成了一种习惯。

那天，忍不住就去了，感觉心里有一种约。

方向没错，似乎迷途。那天，绕了几道弯才至。地方还是那地方，只是换了容颜。路不再是那条路，楼不再是那座楼，连大门似乎都比原先周正得多。小区的保安不让进，我说是来看母校的。那人却道：看个屁，二十年前就没有了，这里早就被开发成小区。

我只想看看，看一眼就走，我从很远来。那人看我一眼，似乎有些儿烦。嘴里咕噜道，哪来那么多看母校的？有人来过？我问。有，一个女的刚刚走，还捡了大把落叶，她几乎年年来。

谁在秋天捡起落叶？莫非我来迟了，且迟了那么多年。

二十年前，我在这儿读过书。第一眼见这所学校，似乎有太多的伤心，那时就想，我怎么会到这样一所学校读书呢？学校很小，小到放个屁前后楼都能听得到。它是师大的一个分校，因为临时扩招，就扩到这儿来了。校园说不出是一种什么形状，三尖六棱歪斜在那里，似乎是就着山也就着水。只可惜，山和水都生长在校园外。学校大门是斜的，斜得好多人几年都没能转过来向。我们来的时候，只有两栋楼，一栋是教学楼，还算威武，一半留作进修培训用。另一栋是宿舍楼，男女生各住半边，偏在一隅。法国桐树还小，小到好长时间才认出来它是法国桐。花园里的草还没长齐，更别说开花了。有棵银杏树长得不错，高大魁梧，好像是原乡就有，那儿似乎是校园唯一能留得住人的地方。校园内没有操场，操场在二十八中隔壁，二十八中又在学校隔壁，那里曾是一片麦地。每次上体育课，都要绕过二十八中，跑着去，然后跑着回。那时最喜欢上体育课的主要原因，怕也是因为那个操场不在校园内。现在连二十八中都改了名字，难怪好一阵子找。

　　校门口，原先是一片菜地。大粪的臭味顺着北风，有时能一直吹到教学楼里来，所以学校大半个时间都关闭着门窗。校园的后边是一条河，一条长满芦苇的小河，浅浅的，隔岸是一望无际的稻田。站在宿舍楼的窗内，能看到远里的矿大，矿大也在一片稻田里。必定矿大很大，晚上看到人家灯火通明，不免要嫉妒，更多是羡慕。夜安静的时候，能闻到稻香，也能听见蛙鸣。最不能忘的，是下午课外活动的时候，几个人或一群人，带着书本去田野里散步或看书。夕阳下，稻花香里来来去去的几乎都是我们这些莘莘学子。这样的秋，我是热爱的，因为它像极了我的乡下。

　　每逢周末或节假日，学校几乎成了一座空城。绝大多数学生都主动去外校拜访朋友，剩余的，也大都躲着不敢见客。母校没留太多印象，只留叹息。现在想来，那时真是愚笨，学校再大，你我也不过是一个匆匆过客。那时偏不这么想，就是要她大，大得像故宫。其实我们学校里设置的几个科系，都还是挺不错的，在师大也是出了名的棒，特别是中文系。就是因为她太小，又太偏，仿佛没有底气，也没有声威，好多人才老感觉在这样的学校读书，好像对不住自己似的。特别是怕老乡或熟人问起，就觉特没面子。说来，那时真是幼稚得可笑。一次跟同学去医学院玩，他女朋友说，你那学校真好玩，像个鸟蛋，下在瘪旮旯子里。说后，大家哈哈笑。我站在一旁说，我们那儿有一棵银杏树，长得特高大特茂盛。后来他们分了手，究其因，可能也是因为这个鸟蛋壳样的学校吧。

学校虽小，之于我，必定留下太多美好的记忆。我有我的社团，我有我的篮球场，我有我的温暖的文字……其间有不少酸楚，现在想来也是汩汩甘甜。在那里，认识一位女孩，一直就觉她好，却从来未敢表白。我们一同出入阅览室，一同去银杏树下捡落叶，一同到稻田地里散步，更多的时候是一同讨论着诗词歌赋。那时我们不懂爱情，似乎只知道学习。

毕业前一天晚上，班级里开了晚会，好多人哭得稀里哗啦，我没哭，心里藏有一种不舍。晚会结束的时候，她送我一张照片，还有几片叶子，是几片银杏的叶子。她说她听到了我的声音，她说要谢谢我，她还说以后经常来看看这棵银杏树。我不知她要谢我什么？看着这些叶子，那晚我一宿未眠，眼里充盈着泪花。

毕业后，一直都没联系，但能时常想起。母校没了，母校那棵老树还在，这个秋天正落着叶子。

走过几栋楼，那棵银杏树灿灿地耀眼。看着，心里漾起无数的甜蜜。还是那棵银杏树，我一眼就认得。二十多年了，似乎还未曾老。叶子比原先要密得多，树干也粗得多，果子也挂得多。树下仿佛还有朗朗笑声。走近，搂着它，深深地亲几下，然后小心地捡起几片落叶，捧在手心里。稻田没有了，小河也没有了，周围是一片鳞次栉比的高楼。树还在就好，怕是什么东西都没有了，那才叫孤单。鞠个躬，转身，眼里湿漉漉的。

那天，每一片叶子仿佛都像一个音符。风里，似乎有个熟悉的声音正踩疼记忆。

一盏油灯的微光

同学聚会，好多次都感觉少个人，可怎么都想不起来。回家翻看所有学生时代的照片，也不见。今儿个早上醒来，忽然想起他叫孙浩。茫茫人海，不缺他一个，他就这样的被遗忘了。

也不知道他去了哪儿？现在过得好不好？问了好几个同学，也未曾知晓。快三十年了，他还好吗？但愿在那个不被大家惊扰的角落里，他依然过得安好。

认识他时，只在高三下学期。他只坐在角落里，他只孤影独行。不知因何？似乎从未见他笑容满面。他很匆忙，连走路都带着小跑。他似乎觉得时间永远都不够用，一直都想跑在时间的前面。就连吃饭，上厕所，都是一路小跑。同学笑他，似乎笑他木讷，笑他寒碜，笑他不入人群。我想，他一定有他不为人知的故事，可他从不愿意与人说起。

那时是大集体宿舍，三十多个人挤睡大通铺。冬天没人愿意和他通腿，他睡在最里面那个拐角处。他从家里背来稻草，铺在席子下面，有一半要匀给我，拒绝怕会伤他的心。那年冬天，我感觉特温暖，因为他的稻草。我见他，那个冬天里，每夜几乎都是连身歪着。我说，你应该把棉袄和棉裤都脱了睡，他说那样会更冷。那时我们家庭虽不怎么好，可我们还有秋衣秋裤穿在里边，他没有。他早早就穿上冬天的棉袄棉裤了，记忆里仿佛是一身军绿的黄。里面没有短裤也没有背心，只是一个空空的壳，似乎面前和胳膊肘子都脏得像打了铁。时间长了，不免会发出一种味道，所以大家都躲得远远的。

他喜欢问问题，有时能打破砂锅问到底。很多人只告诉他答案，从不乐意给他讲解。后来他自觉也不再问，只拼命地学。晚上大家都去睡了，他还在挑灯夜战。冷了，到操场上跑几圈，回来再学。等大家都熟睡了，他才一个人蹩进宿舍和衣而卧。天不亮，他便起，一个人跑进教室里看书。每天都这样，他的坚持让人心疼。校园很空旷，只有一盏煤油灯的亮光，在那儿忽闪忽闪，那是孙浩的煤油灯。开始有人说起，我还不信。后来，我被他的勤奋感动了，所以很想帮他。

高三时有预选，如果不努力，怕是连高考的试卷都摸不到。学校之前的高考，几乎是年年光头。为能过预选关，我也很晚才睡。可我走的时候，他依然趴在煤油灯下钻他的数学题。他咬着笔端，眉皱得紧，时而搓着黑红的双手，暗红的灯光下，似乎打着哆嗦。我对孙浩说：孙浩，早上四点半的时候叫我。他高兴地答应。他愿意和我在一起，许是他问问题的时候，我还能虚心地给他讲解，许是他关心我的时候，我还能乐意地接受。每天早上四点半左右，他准时叫醒我。有一次我起得早，想去叫他，他早已不在。看看同学的手表，才四点不到。望过去，校园的西北角有一片灯的微亮，我惊讶他的执着，走进教室，他早在那认真地看着书。起那么早？他连忙说：俺笨，俺得笨鸟先飞。

一段时间之后，教室里好多学生都开始走得晚，也都起得早，怕都是因为孙浩那盏灯的带动。原先是一盏灯，后来是两盏，再后来是多盏。三更灯火五更鸡，正是男儿读书时。夜深人静处，原来读书是这样的有效果。

预选的时候，我们班级成绩出奇地好，有十多人顺利通过预选关，然而孙浩并不在录取之列。那时我总也想不明白，天道酬勤，到底是酬的哪门子勤啊？最后一个月，当是冲刺，大家似乎早把孙浩忘得干净，连同那一盏煤油灯。夜深人静处，老想回望教室那个拐角处，就觉他还在。每当自己要疲倦的时候，眼前似乎会有一片光亮。

那一年，我们学校走了六个大学生，给学校一个破天荒的惊喜。每次说起那一届高三，大家都欣喜若狂，却没有人能再提起孙浩。若不是他的那盏灯光，我想那一届高三一定不会有如此惊人的辉煌。

三十多年了，他还是一个那么认真的人吗？但愿，老天不会再亏待他。相信他一定会过得很好，在那个不被想起的地方。

跑赢自己

初一时，班里有个学生叫周锐。个子不高，身体瘦弱，走起路来一崴一崴的。两只手抖动着，似乎从来都不听使唤。

第一天去食堂吃饭，我就安排了两个学生照顾他，帮他打饭和菜。他不愿意接受同学的帮助，凡事都要自己去做。开始我很纠结，是不是我的这份担心会戳疼他那份自尊心？

中午吃饭的时候，我亲自帮他打。他不肯，很感激地谢过我：老师我自己来。每次打饭，见到他手抖得厉害，好多同学都想主动帮他，他都一一回绝。每次看到他在校园里颤巍巍地踱来踱去，我的心一刻都不得安宁。课外活动的时候，我找到他。周锐，需要老师和同学们做的，你尽管说，我们大家都愿意帮助你。老师，谢谢您和大家，我真地能行。要是现在就依靠别人了，以后的路我该怎么走？我一下子明白了孩子的初衷，内心里涌起一股股从未有过的感动。

班级排值日，我特地嘱咐班长，不要把周锐排上去。看到值日表上没有自己的名字，周锐趴在位子上嘤嘤地哭。我赶忙找来班长，重新把值日表换了一份。

一年一度的秋季运动会要来，班会课上，周锐第一个报名要跑一千五百米，当时我吓了一跳。班里每一个同学，几乎也都投来不解和惊讶的目光。你行吗？我欲言又止。一阵沉默之后，周锐站起来说：老师，我跑不过别人，我要跑赢自己。顿时，班里想起了雷鸣般的掌声！

运动会那天，三百米跑道上，周锐一瘸一拐地跑在队伍中间。我和同学们担心极了，不是担心他拿不到分数，关键是担心他跑不下来。他每跑一步，我和同学们的心似乎都要揪一次。当选手都跑到终点的时候，他还有两圈半没跑完。我第一时间跑上去，郑重地劝他说：周锐，要是跑不下来，你就放弃。他看看我，又看看前面的跑道，没说一句话，仿佛一脸的自信。运动场上，大家的目光都集聚到了周锐身上。那天下午，几乎成了周锐一个人的运动会。周锐的裤褂全湿透了，他依然努力地向前奔跑着。一百米，五十米，三十米，十米……场上传来了一阵阵热烈的掌声和欢呼声：加油！周锐，加油！你一定能跑赢自己。

周锐跑到终点的刹那间，班里的学生哭成一团，而周锐没掉一滴眼泪。

那天，我也流了泪。

回到班级，我对大家说，如果我们跑不过别人，我们先要跑赢自己，就像周锐。

周锐笑得非常灿烂，那天。

一把椅子

我是坐在，你送给我的那把椅子上，写这篇文章的。

二十年过去了，不知你还记不记得这把椅子，还记不记得我。椅子是黄色的，金黄的那种黄。做工虽粗糙，看上去却是极用了心的。

第一天见你时，你躲在你父亲的身后，低着头不吭声。我把你安放在教室第一排讲桌边。每到我的课，你不看黑板，只看我的眼睛。那时你还小，你比讲桌矮小。你父亲，是一个很少言语的人，看得出他非常地爱你。第一天来学校，他就把我的手攥得很紧，似乎太多的信任和期待，都聚结在这郑重的一握上。

我跟他说，放心吧！你的孩子，就是我的孩子。他很感动，半天不知说什么好。然后又一把抱住我的手，这一次比上一次似乎更用力，更加握得紧。之后，便走向教室去，然后又走回来，去去来来好几遍。看着你在那儿安静地写着作业，他似乎才安了心。父母给予我们孩子的疼爱，是那么地多，又是那么地急切，而我们的孩子，有几人能够真正地去领会啊？！

隔着一两天，你父亲就来。有时站在教室外，更多的时候是站在大门口。抓着锈蚀的铁大门栏杆，他努力地探着身子，朝着你所在的方向。每次见到你时，他眼里好像总放着光。在他心里，你仿佛是他唯一且永远的希望了。

后来，我们渐渐熟悉。

他跟我说，你是抱来的。他跟我说，要让你好好读书，将来能混碗饭吃。他跟我说，你有时不听话……

他的话很少，半天一句，又半天一句，而句句说的都是你。听口气，好像他欠了你似的。

刚毕业那会，学校还很穷，我坐的椅子只有三条腿，另一条腿是垫着砖石的。每次你父亲来，我都客客气气地让他坐在我的椅子上。每一次，因为一把椅子，我们似乎都要争来争去好半天。他的话很简单，简单到只有一句：孩子没让你费心吧。我说很好，很听话。听后，他有一种莫名的满足感。满脸堆着的笑，像盛开着的一朵朵菊。

他走路，一瘸一拐的。有时，难免要招来同学们的笑。你不笑，也不转身，只趴在位子上一动不动。那么多次，从未见你主动和你父亲打过招呼。我想，你是故意要躲着他的。每次来，坐一会儿便走。走时总要嘱我一句：一定不要告诉孩子，说我曾来过。父子一场，奈何偏要这样偷偷摸摸地爱着，而不敢靠近。

后来，你的父亲一连好多天都没来，我却有点不大习惯了。我问你，父亲是不是病了？你不回答，只低着头写作业。我猜想，一定是你不再让他来学校了。有几次去厕所，在南墙根我见着他。他趴在墙头外，老远就跟我打招呼，高程这几天怎么样？没让你操心吧。我告诉他，你很好，学习有了进步。他高兴得差点摔了下去，然后是一路谢谢谢地走开。

一天周末，下大雨，那雨还不是一般的大。他站在大门口的一个角落里候你。你和同学们，有说有笑地跑出来，他叫你，你不应。你仍自顾自地嘻嘻哈哈向前跑，他跟在你的身后一瘸一拐地追，一直追到街东菜市场。你应该能感觉得到，他在等你的，而你偏没有回头。那天，站在大门口，目送你们父子远去，我的心一阵阵酸。

第二天，我找你谈话，你似乎心存太多的委屈。然后竟冷不丁回我一句：他又不是我的亲爸。听后，我真地很生气。那天，我打了你两巴掌。一巴掌是想打掉你的虚荣心，一巴掌是为你的父亲那一份铁了心肠的爱。那天，我跟你说了太多的话。说了你父亲的不易，说了他是如何如何爱着你……你的父亲，这一辈子全指望你了，你就是他掌心里的宝。要做个男子汉，小时要做好他的拐杖，长大了要做好他的依靠。你点了头，似在向我承诺。

那天，你哭得泪人似的，你感动了。

想起打你的那两巴掌，现在我还有些后悔，当老师是不该打人的，在这里我想给你陪个不是。

放寒假那天，好像还飘着雪。你和你父亲一起来，你抱着一把椅子送给我。这把椅子，不知要花费你父亲多少个日日夜夜。那个雪天里，我也感动得一时说不出话，就觉温暖。

两年后，我离开了哪所学校，而我仍一直惦记着你。

你送给我的椅子，我坐了二十年。我还想再坐二十年。搬了好几次家，我都没舍得扔。好多次家里人都说要扔掉，我都没答应。那把椅子真地很结实，二十年似乎都没松动过，颜色虽有些旧。这份旧，时常会提醒我，要做一个好老师，大家都信得过的好老师。

今儿，坐在这把椅子上，我又想起你，想起了你的父亲。我想，你一定早就成了你父亲的拐杖，成了你父亲的依靠了吧。这个冬天里，我仿佛看到，你们一大家子正开开心心地迎接着新年呢！

为你默守一段恨

一学生写信给我，说她对这个尘世有太多的恨。

毕业还不到两年，怎么会有这么多的恨。若是这样，那得恨到什么时候？读过信后，我一直有些担心。

六七页文字，倾诉的都是衷肠。她说，原本以为好好读书，就能改变一个人命运。毕业后，她却看不到一丝亮光。当发现其他同学，父母早把工作安排好，而自己仍要孤零零地奋斗时，她的心似乎早已碎。

她说，既没关系，也没靠山，只能靠自己单抢匹马的厮杀。现在连厮杀的勇气都没有。

她说，她不只是没找到一份好的工作，就连高中时谈的男朋友都被别人撬了去。

她说，她恨透了这个社会，恨透了那些虚伪的蝇营狗苟的人。

她说，她的面前，似乎到处都是黑暗。她就像暗夜里，永远都找不到光明的小虫子，一条微不足道的小虫子。

她还说……

谢谢她还能这样信任我，而我却不知该如何去告慰她。

信的最后，一再叮嘱我要替她保密。我不知道要替她保密什么？是这封信，还是她的恨？

这世间，有些东西，一开始就是注定了的。我们无法改变，譬如生命，譬如身世。生命是父母给的，出身也是父母给的，我们无法改变。社会或许就是这个样子，你不能同时都得到。它给了你阳光，未必要给你风雨。出身，不是你的错，也不是父母的错。其实我们不该恨，即便恨得死去活来，又能怎样？与其去恨，不如学着去爱，学着去坚强，学着去改变。即便命运不能改变，不妨我们先试着去改变一下自己。

没有好的工作，就先从底层做起，做自己能做的。让自己锤炼几年，等成长了，再去做自己想做的，要做的。职业不分贵贱，其实哪个行业都能闯荡出人才。关键是，你愿不愿意闯，愿不愿意把自己放到尘埃里去。

爱不在了，可以再去找，总有一份爱在那里等着你。

凡事都不能心灰意冷，因为阳光总在风雨后。

我想她是看不到一丝光亮了，才写信给我。就她现在的心里，肯定是很苦的。也许，希望我能帮她走出来。上学的时候，她是一个从来都不向困难低头的学生，尽管家庭条件那么不好。从她的作文里，我就知道她是一个怎样的倔小孩。高一时，学校有救济，我动员她填一份贫困救济表，她执意不肯。有的学生家里不穷困，也都找到学校想弄个贫困补助。她说，学校里一定有比我还穷的，我家现在穷，将来一定不会穷。她的成绩还不错，她想通过自己的努力改变这一切，改变这个家庭。她认为，考上大学了，什么都会有，都能有。所以，她一直很努力。看得出，她是那种有一腔宏伟抱负的人。然而，没有想到，这个社会有时真地很残酷。

两年不到，她就被挫折给打败了。开始我还不相信，她这样性格的人也会被打败。可能希望越大的人，越容易受伤。有时希望越大，可能会失望越大。那么巧，竟要被她赶上。许是苦闷极了，才写信给我，何况我只做她一年的班主任。

我既无办法给她找到合适的工作，也无办法排解她心中的苦闷。若是不回信，怕她要失望。回了信，又不知怎样去劝慰。这样的情况下，怎是你的三言两语就能改变了的？

伤可以疗，恨该怎样治愈？我没有底数。

最后，还是给她写了这样一行字：无论现实多么喧嚣，都要在心里留一块地，种上阳光，种上美好。

后来在一个小饭店里，我看到了她。她低着头正在厨房间刷洗碗筷，见每个人去都要故意躲开。她似乎只想把自己包裹起来，包裹得越严实越好。难怪许多同学，都不知毕业后她去了哪儿？

那一次，不知她看没看见我。我是装着没看见她，因为不想伤害她。

后来有同学问我，毕业后有没有见过她。我说没有，我不想把她的事告诉任何人。因为她说过，我要为她保守秘密。也许这就是，她要说的秘密。

五年后，在宿城的一家大酒店里，我又看见了她。那时，她已是大堂经理。见我去，亲切地向我打招呼。见她变得如此开朗，我有些儿惊喜。临走的时候，她把我送出很远。欢快地跟我说：老师，你的信我收到了，谢谢您！谢谢您，在我心里种了一片阳光。

现在走出来了吧？走出来了。她很自信地说。

看到她不再恨，我也开始高兴，我一直担心她会走不出来的。没想到一句话的力量，会如此大。我想，一个人只要种一片阳光在心底，再泥泞的夜路她都不会觉得黑暗。

谢谢你还记得我

好多年没见过胡老师了，原本只想将他忘。

去公园散步，忽然间有一个背影擦肩过。回眸，一惊，真的是胡老师。他竟老成这个样子，背已驼，发早白。夕阳里，走得那样迟缓，就像一只老蜗牛。

忘记，不只是我一个人，他教过的学生只要一提起他，似乎都已不再亲切。许是因为，他是大家有生来遇到过的最坏一位老师。问同学，毕业后去看过胡老师吗？大家摇头。只是一个同学偶然提起，两千年时的一个晚上，曾在闹市里见过他一面，转眼就不见。

你知他有多坏，坏得让你连下课十分钟都不敢喘大气。迟到要罚，作业错了要罚，上课讲话了也要罚。有时，他的课堂后面能站成一排。那时就觉他是出了名的活阎王，我们背地里都叫他老虎。可他的残酷，偏偏受到学校领导和家长们的一致拥戴。

我的成绩算是很好，他却总认为还有太多的不好。一次，我的数学考了 90 分，他都不满意。还不无好气地说，能考 90 分并不算什么大本事，要有本事就应该考到 95 分以上。

罚抄作业和罚写保证书，是他最拿手的绝活。能一直罚到你不敢错，不能错，以致不想错。有的学生犯错误，他变态到让学生写保证书，每次都要写到三千字以上。写得那些学生，背地里偷着骂。而他还美名其曰，都是为大家好。班里好多学生，几乎没人能逃得过。一些学生被罚，看着就觉得可怜。他还会经常打手心，打屁股，打腿肚子，用他自制的木尺子。有一次，他的木尺子被学生故意藏了起来。他一生气竟换成了一根紫藤条，那物什打起人来比尺子要厉害得多。班级里时常能听到有学生，哇啦哇啦地叫。从此，大家都不敢再动他的东西。

那会也出奇，家长不但不会告到学校，反而还要催着老师加倍地罚。我一直不赞同这种教育方法，曾试着跟他沟通过两次。可他偏说，现在体制下的教育，就这种方法最管用。他还说，这是实践得出的真知。这种方法，似乎确实管用，家长们都争着让孩子进他的班。家长乐意，学生可极不乐意。好多学生不知是怕他，更多是恨他。

毕业前夕，大家照相留念。学生们纷纷找一些老师合影，偏没一人要找他。看到他形单影只的样子，我竟有些可怜起他来。我不喜欢他，是因为他对我的要求太有点过分。我的书写原本不怎么好，时常会丢三落四。从进班级第一天起，他就不准我使用橡皮、胶带、粘贴纸之类东西。有时因为乱涂抹，也常被罚抄写和打手心。

男同学罚就算了，女同学一个都不曾放过。成绩差的罚就算了，好成绩的也不曾放过。所以班级里，几乎没有人会喜欢他。

站有站相，坐有坐相。一进他班，连你走站坐的姿势都要纠正。因此，我们都说他变态。

他带出来的学生，和其他班级比就是不一样。规规矩矩，走在路上都是一字型排开，即便上厕所都要排成队。他的管理，似乎就是一副军事化。到食堂吃饭，只要发现看到有学生剩下饭菜的，他必会生生地让你捡起来吃下去。他的坏，是出了名的。没有规矩，怎成方圆？不吃苦中苦，怎做人上人？板凳要坐十年冷，文章不写一句空……不知他哪来这么多专制主义的谬理。

尽管我只跟他读过一年书，只这一年我就怕了他。

有时，也曾在头脑里设想过，他那一副法西斯盛气凌人的样子。想着，便觉得好笑。仔细回味，又觉得他没有哪儿不对。老胡，你究竟图得啥啊？

直到大学毕业后，我做了教师，我才真正体会到老胡的那一份良苦用心。

胡老师？胡老师。他转过头，我吓了一跳。他再也不是二十年前威风凛凛的胡老师了。他老了，更瘦了，仿佛一阵风来就能将他刮倒。奥，你是……别说话，让我想想。想起来了，那一年你是我的数学科代表。二十多年过去了，他竟能叫出我的名字？

还记得我老胡啊！谢谢！

此刻，我不知道他要谢我什么？按理我要谢他才对。

不知道，大家是不是还恨我啊？他笑着说。大家咋会恨你，如果没有你，我们哪会有今天！他听着似乎很高兴。你们那一届学生，现在混得都还不错吧？我一直惦记着大家。有几个，我没把他们带成才？看得出，他似乎有些惋惜。李虎怎么样？赵明怎么样？胡里魁怎么样？……有些名字我早都想不起来了，他还一一记得那样深刻。我说，毕业后大家很少联系。他说，也是，那几个可是我惩罚最狠的孩子啊。恨铁不成钢呐，但愿他们还能够记起我的好！

我说，大家都记得，要是没有你，我们那个学校怎会出这么多人才啊。他笑了，灿若菊。

陪他走了好长一段路,他似乎还一直沉浸在过去那段美好的时光里。

他老了，心地还那么像个孩子，还是那样的执著和有责任感，我不知道这叫不叫迂腐？

离开时，见他一个人奔夕阳去，我的眼里湿润润的。

温暖的谎言

在宁海支教时，班中有个小男孩叫杜龙。

爸爸和妈妈早离婚，自己单独和外婆过。这是后来才知道的。外婆一向对他要求严格，每次考试，成绩都要经老师签字，拿回家给她看，才放心。

小杜龙，学习很认真，也听话，就是平日里话忒少，又郁郁寡欢。

一次期末考试，他的外语没考好。放学了，大家都走散，只他一个人呆坐在教室里。那天，我去检查教室，看到他一个人发呆。便走进去问个究竟：杜龙，怎么不回家？

他嗫嚅着站起来，似乎有话要跟我说。

老师，明天的家长会，妈妈都不得闲来，外婆又病了。我说，要是外婆病了，就不要来了。只要你好好听话，好好学习就行。他似乎放松了许多，然而还是不愿意离开。

还有事吗，杜龙？老师，我请求你一件事行吗？我有些好奇，抚摸着他的头说：只要老师能办到的，一定帮你办。他小心翼翼地从口袋里，拿出一张皱巴巴的分数报告单，低着头说：老师，这次我的外语没考好。我说，不是你没考好，是这次外语试卷比较深一点，其他学生也都没考好啊。你考了 75 分，已经很不错了。外婆说，每次考试都要考到 80 分以上。外婆病了，我想让她高兴一回，不想让她失望。老师，我要的分数并不多，你能帮我改一下吗？

那一刻，我很为难。没想到，一向不愿说话的小杜龙，这一次会呱呱呱地那样多。要是改了，我怕会滋生孩子的那份虚荣心。不改吧，要是外婆真的病了，孩子说的是实情，又怕会伤了孩子的心。

看我有些犹豫，杜龙似有乞求地跟我说：老师，我说的都是真话。你也知道，我不是个爱撒谎的孩子。这是我跟你上学以来，第一次请求。外婆真的病得很重，我只想让她好起来，让她看着高兴。小杜龙一边说着，一边流着泪。

那一次，我信了，我被小杜龙的善良打动。我帮他把分数改成了 95 分，并签上了自己的名字。原以为，他会屁颠屁颠地跑开。不想，他还站在那儿不愿走。

老师，你给得太多了，80 分就够了。

回去吧，你外婆看了会更高兴的。

老师，真是太多了。就告诉外婆，说这次大家都考得好。

小杜龙拿着改好的分数单，深情地向我鞠了一弓，然后欢喜地离开。

教这么多年书，我还是第一次给学生改分数，而且改得那么纠结又理直气壮。

暑假后，小杜龙就转学了。

今年寒假，杜龙回来看我。他已长成了大小伙子，我确是有些不敢认。

老师，我是杜龙，是你帮我给分数的那个杜龙。谢谢您，那一次对我的信任，将温暖我整个人生。

外婆怎么样了？外婆从那次病了以后，就没好起来。看了我的成绩，你知外婆病的那段时间有多高兴。后来，我转学了，也没敢跟你说，怕你会挽留我。暑假里，外婆就去世了，我和妈妈一起去了新疆。那时，我不想让任何人知道我的身世，请你原谅我。

看着孩子长得这么好，这么懂事，我的心里也倍感高兴。

有时候想，人生多一点善意的谎言又何妨？一个善意的谎言，有时可能会温暖一个人，甚至一生。

一只不能讲话的千纸鹤

二十年前刚毕业的时候，我在一座小镇教书。小镇不大，从东走到西要不了五分钟。好就好在它是革命老区，三五十里都知道。小镇给我第一印象，便是穷。穷到你穿一件新衣服，大家都要追着看。

第一天去上班，就有几位女孩子趴在窗外看。估计不是看我如何备课，而是看我究竟何方来的一位小小大学生。

那年我二十二岁，带初三。刚进课堂，便有女生唏嘘，好帅哦！记得当时眼前一片茫然，一节课都没敢看女生，只看天花板。下课全身仿佛早已湿透，跑进办公室，连连扇扇子。午饭后，一群女生涌进办公室，话匣一样子问寒问暖，问东问西。那时热血沸腾，有一种被宠爱的自豪感。有一女孩站在远里不说话，似乎只是看着我笑。那笑很亲切，亲切的让你有点不知所措。我招呼她坐下来，反而她一溜烟地跑开。

第二天我上课，特地留意昨日窗外的那个女孩，却一直不见。诧异之后，便问了班级的女生。她们都说不认识，偶尔见她来校园玩。

第三天上课，我又见她出现在窗口外。我很友好地对她笑一下，然后讲自己的课。她没走，一直躲在窗外，直到我下课。我示意她进来，她不肯。反正四十人听也是听，多一个也无所谓。下课招呼她，一溜烟又跑开。

打听得知，她叫季小娆，住在学校隔壁。父亲是个残疾人，母亲来自川南，好像是第一批来自川南。那几年，苏北好多光棍一批批去川南带媳妇。那女孩便是跟着她母亲来苏北，来到这个革命老区的。那时她们很羡慕苏北的繁华，她们想走出大山过鱼米之乡的生活。我不知道那些聪明的苏北人，是如何凭三寸之舌把她们哄来苏北的。只知道，来了之后似乎很多人都不大太满意。

先是亲自去带，后来便是买。听说好多媳妇都是人贩子骗过来的，然后三五千元卖给附近的光棍汉。那个年代，我想大山里出来女孩子，肯定是受不住北方人的花言巧语诱惑的。每个村子几乎都有，有的村子多达十多人。初来时，有的很不满意，一见并不是骗子口里的富裕苏北。不满意竟想跑，捉回便打，从此不再敢跑。千里迢迢来，大多有了孩子之后，什么都不再想，便认命地过起日子。许是因为小娆的母亲年老色衰，又带着小娆，只能下嫁给那个连吃饭都很费劲的残疾人老季。

怕是没有钱上学，小娆只能在家里陪着母亲做农活。另外，照看那个没有生活自理能力的姓季的爹。空闲的时候，小娆总喜欢一个人跑到学校里玩。我想她一定是渴望那份读书的美好，才不自觉地要这样做。那样的家庭，九十年代初的中国怕是未必能读得起。

女孩十六七岁，扎着两个羊角小辫，不是太漂亮，可有一股子执拗着的渴望。衣服很旧，花纹似乎不再能看得清。从来不说话，只是笑。许是别人都觉她傻，很少有人太留意。

以后每到我有课，她都要来，只在窗外。有几次没来，我反而感到有些诧异。第二年换了校长，抓得紧。听说门卫不让进，后来窗外就少了一个人。后来，每次上课总喜欢看窗外，看那个熟悉的脸孔，然而不再见。有一次，学校操场上搞歌咏比赛活动，有学生指着墙外让我看。转身，正见小娆趴在南墙外向里瞅。她的目光很特别，似乎有种乞求。我让班里一女生把她接进来，她不肯，仿佛已有太多的陌生。

我对门卫老魏说，如果她进来就让她进。老魏同意了，可她没再来。

第二年我就离开了那所学校，因为生了病。快出院的前一天，有十多个学生来看我。他们送来一个厚厚的日记本子，本子上全是祝福之类的话语。还有一大包学生们自己折叠的千纸鹤，千纸鹤五颜六色。至今那个日记本子和那包千纸鹤，我都完好地收放在书柜里。二十多年，几次搬家都没舍得丢。

五一去原先那个镇看展销会，一个中年妇女走近我并不时对我笑。

我有点莫名奇妙，便躲开。一个曾经的学生告诉我，她就是二十年前的小娆，喜欢立在窗外听你课的小娆。我有点诧异，但更多是高兴。她的变化很大，大到我一时想不起来。老师，你一点都没老。她声音很特别，不注意很难听得清。然而那双会说话的眼睛没有变，依然那样的热烈与执着。我是季小娆，还记不记得二十年前那只最大的千纸鹤，就是我叠给你的。

眼里似乎有泪，这么多年她还记得如此清晰，我却忘得干净。

回家，翻开袋子里珍藏的那些千纸鹤。果然有一只大的，叠的似乎很笨拙。打开，翅膀上有歪歪斜斜的几行字：老师，早日健康！

想起来了，我真地有点不能自持。在那个小镇，只有一年时光。四十位学生，不，还有一位在窗外。此刻，我仿佛又一次看到窗外那朵蝴蝶样的小女孩，正咯咯咯咯地对我笑。

给爱指一条路

那年带高三，有几个学生要恋爱。爱就爱呗，我装作没看见。

校领导质问我，班里有几个学生谈恋爱你知道吗？我没敢回答。

怎么能让他们谈恋爱呢？学习那么紧张。要查，要彻底查，要让学生恋爱的不正之风消灭在校园里的每一个角落。

我说，谁没年轻过。不应该消灭，关键是如何去引导？

我不知道，是对是错？反正我没去消灭。

毕业后，学生一群群来看我。其间，有几对都带着孩子。看上去，他们过得很幸福。看着他们幸福，我也幸福。一个女生说，谢谢您老师，高三容我们这样爱着。如是换做别的老师，怕我们都要被拆散，更怕是连学都上不成。

我说，不要谢我，应该谢你们自己，是你们爱得让我放了心。

走的时候，他们向我深深地鞠了躬。

高二时，就有学生萌生了谈恋爱的念头。我跟他们说，时间还早，别出声，不妨把它作为一种力量。也别轻易破坏它，这样会伤了各自的心。爱若是珍藏在心底，比扩散开来要更好得多。有些东西，不是非得要证明给谁看，也无需证明给谁看。只要用"心"去爱，且珍藏在心底，这样的爱有时会胜过太多的千言万语，胜过一场场虚张声势。等有一天，长大了，真正能辨得清是非了，那时再去分享也不迟。珍惜着，收藏着，享受着，并幸福着。这才叫爱情。这样，便是天下第一好。

不是不让你们去谈恋爱，关键是要找准时间，找对地方。学校是一块净土，生长着一畦畦单纯可爱的青枝嫩叶。突然间，出现了不一样的杂物，譬如野蒿，譬如稗草。这些东西一旦生长，极有可能会招来异样的目光。或惊诧，或鄙弃，或谴责。若是收藏在心底，你一样能体会到爱着的那份温暖和甜蜜。好好善待这份爱，并坚持着让它成为前行的力量。即便不爱了，这曾经的一场，也会成为人生中最值得回味的美好。

中学阶段，不是不能谈恋爱，是不要忙着去谈。大家年纪尚小，以后有的是时间和机会。未来的路还很长，那一份美好，依然在远处等着你。学生时代，是用来读书和增长才智的。一个人要在最好的年华里，做最有意义的事。作为一名学生，目前的第一要著，便是要好好读书。

即便爱了，也别让自己爱得太轻率，太迷茫，太辛苦，太没了自我。轻率了，别人就会瞧不起。迷茫了，自己就会失去了信心。辛苦了，就会觉得生活没了乐趣。太没了自我，就会失去了做人的尊严。最可怕的是懵懂里迷途，迷途了却不知返。还年轻，不妨等一等，让爱在心里一点点盛开。这样的盛开，也一定是很美的。

忽然间想起，大学刚毕业时的一件事。

那时，年轻气盛，处理问题还显稚嫩。班级里，有一学生恋爱。为严明纪律，肃清影响，我生生地将他们拆散开。这哪是一拆就散的事，相反更加助长了他们的爱之切。迫于学校压力，第二学期只得将他们赶回了家。后来一直想起，一想起就后悔。那一次，不只是拆散了他们的爱情，关键是他们从此再没了读书的机会。好多年仍觉自己，背着一份重重的负罪感。不知那两位学生，现在是不是还在恨我。但愿他们，能过得更好，会过得更好！这样，我才心安。

近年来，因学生恋爱，许多学校竟发生了太多意想不到的事。有的弃学，有的私奔，甚至有的竟献出了年轻的生命。究其因，多是因为不容。制止、揭穿、指责、嘲弄，中途被驱出校门……小小年纪，怎会承受得起这番沉重地敲打？

处理学生恋爱之事，不容或放纵，二者都不算是明智之举。若放纵，任其肆意发展，怕是不可收。若不容，强制着去声讨去压制，亦不可取。处理不好，都极有可能会弄出些什么事来。爱，其实需要一份宽容。这类事情一旦出现，无需慌张，也不要大惊小怪，它只不过是平静水面上漾起的一丝微澜。堵，不如疏。放，不如引。疏导得好，这一丝微澜，极有可能会变成一朵美丽的花开。

给爱指一条路，让爱有路可走。其实并不是一件很难的事。

阿来的足球梦

阿来是我的同学，一个村小的体育老师。

大学里，阿来选修的是足球，足球近乎他的生命。阿来总一根筋地认为，中国足球腾飞之日，定是全民重视之时。中国足球要想成长壮大，必须从娃娃抓起。后来，阿来就报考了师范院校体育专业。按理讲，阿来选修的足球专业本应该留在市里的，留在需要他的地方。在那里也许能一展他的腿脚，发挥他的专长。许是后门不硬，更许是金钱不济吧，毕业后阿来只能听天由命来乡下。乡下没有足球场，更没有足球，只有几节上与不上一个样的体育课。

开学第一天，阿来带上自己和那个不曾放弃过一天的足球梦想，去乡下村小报道。进校园，一群孩子就围上来。问他们，没有几个知道他背上那个玩意叫足球。阿来有些失望，他不知道在这里足球该往哪儿滚。

期初，校长很热情，热情得有些过火。能有一个师范生来这偏僻的村小执教，的确乃百姓之福。一听说阿来教的是体育，立马就换了腔调。你这样年轻有为的大学生，来这里踢球，精神真地可嘉啊！不过，似乎找错了地方。校长的话，阿来听不懂，只当是赞美。

看着不足三十亩地的校园，和不足三千平米的操场，曾经的豪情万丈的阿来，一下子落寞成了一堆泡影。想着班里那些留在县城和大城市里的同学，心里多少有点不是个滋味。可阿来没死心，他心里一直有个梦，一直想有一支自己的球队。他无数次的设想，带着自己的球队南北争杀、东西夺冠的场景。每次想起，都会偷偷地笑醒。他也一直坚信书上说的那句话：是金子埋在哪儿都发光。

现实中的阿来，我不知道在这个长满蒿草的乡村小学，他究竟能发光多少。

学校很器重他，每周一下子给他安排了二十节体育课。乡下是没有正规体育老师的，全校体育课都让他一个人包了。体育这玩意，哪个人都能带上几节课，无怪乎把学生带到操场上去转转圈、踢踢腿、弯弯腰、跑跑步、做做操。

阿来没有拒绝，他认为，年轻力壮多做点事未必不是件好事。

每天四节课，阿来带着孩子们做操、跑步、踢腿，或玩一些过家家游戏。时间过得充实，一个个班级轮番上阵。闲暇里，阿来没忘记踢他的足球。此时的足球，不再是绿茵场上任凭使唤，一时间阿来和他的球仿佛都没有了方向。一个人的足球场，阿来只能自得其乐。

操场，这哪里是操场，连一片草场都不配是。杂草丛生，坑洼不平。阿来找来镰刀、铁锹和抓钩，利用课余时间，一个人把操场上长长的蒿草一片片割得干净。然后卯足劲，踢他的足球。

足球场上，阿来一向是忘我的。一会儿学着罗纳尔多盘球，一会儿学着普拉蒂尼顶球……玩的几近失去了自我。玩累了，倒下便睡。吃饭、上课、玩球、睡觉，时间一天天这样单调着。接下来的日子，阿来不知自己还能够做些什么。他的足球梦，或许只是一场梦。阿来试图想逃离那个地方，找一个能踢转足球的去处。然而整个县城，竟没有一个足球场，别说哪个学校了。阿来几次去找校长，想组建一个足球兴趣小组。当时校长只是笑，不说话。觉得阿来有些异想天开，更多是不知天高地厚。然后才说，学校穷啊，经费哪来？场地哪来？别说办不成，就是办成了，上级也不会同意这样做的。玩玩差不多，不能太当真。

最后一次离开校长办的时候，阿来仿佛被一根闷棍重重击打一般，一个礼拜都没反过来神。

他曾几度要把自己的想法跟局领导说说，好多次都没找到机会。寒假里，阿来去了。分管体育的李主任瞅了瞅阿来，笑了笑说：年轻人有想法，是件好事，等将来条件成熟了，我们就专门组织一支足球队，由你来带。将来在哪儿，没人能说得清。这些话，阿来听后心里却一阵甜蜜。也许，这只不过是一种搪塞，一种领导艺术，可阿来却信以为真。在大家的说笑声中，阿来只得又回到了那所乡村小学。

校长不同意，阿来决定自己干。他从各个班级选出体能比较好的孩子，组成了一支球队。每逢上体育课，阿来就眉飞色舞的给学生们讲解足球，然后教他们踢球。阿来讲得津津乐道，孩子们却听得似懂非懂。站在操场边的老师们，看着阵阵笑。有人甚至觉得阿来，神经似乎有点不大正常。一天，校长转告阿来，体育课不能这么上。满操场都是乱跑的学生，这样多影响其他老师上文化课。无奈，阿来只能利用下午课外活动四十分钟时间，把他组建的足球队集中到操场去。孩子们逐渐对玩球很感兴趣，似乎对阿来也甚是喜欢。时间久了，有的孩子喜欢的连上课都要走神。班主任和任课教师发现后，开始对阿来有了意见。一天，年级主任找到阿来，没好气地说：体育只是门副科，小孩子文化课重要，你这样做，玩玩可以，别太较真。

最后，阿来只能奢望周末了。周末，开始的时候家长较赞成，认为不出钱还能锻炼身体。后来渐渐便反对，认为这样会耽误了孩子们的学业。好多人见着阿来，总当玩笑说：中国那么大一个国家，足球都没出息，几个小毛孩子，学这又有屁用。玩玩可以，当真实在没必要。

阿来彻底失望了，他的一腔大志，最终也没能扛得住世俗的目光。他的足球兴趣小组，从组建到成长不足一年时间就夭折了。从此，这所乡村小学校的操场上，只有一个人在玩转足球，那个人就是阿来。

后来，听说他改教了政治。后来，再没了消息。

现在，不知阿来的足球梦，是不是仍一直在做。

校园里的花开叶落之美

校园里，屈指可数的风景并不多。

一条爬满紫藤的长廊，几排枝繁叶茂的法国梧桐。这两处景，分别在两个不同季节里绽放，每一年都能让人等得望眼欲穿。一个是初夏，另一个在深秋。我之所以那么喜欢夏秋季节，大多也源自校园里的这两处怡人的风景。那个时候，只要下课，我就会跑下楼去，看蜂围蝶阵的紫藤花海，看衣袂飘飘的梧桐飘落。劳累之余，能等来这样养了眼的花开与叶落的享受，堪称是时光给予我们最美的馈赠。我热爱这个校园，热爱这一群天真烂漫的孩子，还有这好看的紫藤花开和梧桐叶落。

紫藤花开，那是四五月间最热闹的去处。说起梧桐，最美的时候当属落叶飘逸的深秋。要是紫藤不开花，要是梧桐不落叶，怕是这个校园就会少了太多值得回味的过往。

学生一茬茬来，又要一茬茬走。我们来了，不知几时才能走？也许是十年八年，也许是一辈子。这里的一花一草、一树一木、一砖一石、一颦一笑，似乎早就成为了我们最美的慰藉，也成了我们最美的回忆。

紫藤花开的时候，廊的石凳上，每天都要满坐着莘莘学子们。或谈天或说地或畅想未来，他们那个乐，能把这一条长廊的紫藤花都撩拨得欢天喜地。安静的校园唯在这一刻，才特显得生机勃勃、趣味横生。

紫藤花，刚好开在学生离校的前夕。开始是一朵两朵，一穗两穗，不几日便是万千条的铺下来，直扑的人心花怒放。一串串紫链接成一排排，瀑布一般。花香淡淡的，不浓不艳，细细的柔软着，梦幻一般，仿佛也是浅紫色的，直逼你的唇。让你未曾见着，就想眯着眼一丝丝去吮吸。这个季节，你会因这片片紫藤花开，忘了劳累，忘了烦恼，忘了忧伤。甚至想把自己的一颗心，都交给这样一缕缕浅浅淡淡的紫。这条紫藤花铺开的长廊，每个人似乎都曾沉醉过一回或几回，我也不例外。毕业时，所有的学生都在紫藤花开的廊前留过影。我也留过，差不多是年年留，和老师们一起，和学生们一起。就算年年留，你又能留下多少年呢？一届届，走了又来，来了又走，来的时候总见热烈，走的时候偏偏有太多的不舍。就像这紫藤花开，看着它花开倾城便欣喜若狂，看着它落幕成塚，又偏有太多的伤感。人生，也许只有经历这样的起起伏伏，才更有意思。

除了喜欢那一串串紫藤花开外，剩下的期待就是深秋里那一片片梧桐叶子的唯美飘落了。

之于梧桐，我却独有一份不一样的情怀，说不清是因为什么？就喜欢它天天天天的飘着，能飘成四季。就觉落叶也是另一种绽放，像紫藤一样开满人的心，所以格外的喜欢秋，喜欢它的落红无数，喜欢它的唯美飘逸。

每年开学，有许多新生要来，校园留给他们的第一印象，便是这一排排长得好看的青葱梧桐。秋来，梧桐叶子渐渐黄，是丰收和喜悦的那种黄，能黄成一片海。一到下课，师生们就急忙跑下楼，直奔落叶去，捡起一片片，怀想着心事，抒发着情感。他们跑在风里，跑在落叶里，婉转着落叶赐予的心跳和畅快。他们是陶醉了，因着这片片梧桐落叶。我喜欢看学生们每天陶醉的样子，这真真才叫生活。最见不得的，是他们考试前后愁眉苦脸的样子。心揪着，眉皱着，脸苦着，看了让人心疼。曾经无数次地想，要是哪一天不考试了，这些孩子该是怎样的一种欢天喜地啊！

最喜欢深秋里，梧桐叶子自由自在的飘落。看着，心里暖暖的，捧着它，仿佛捧着一朵朵学生的心。特别是大门两侧的这一条梧桐大道，金黄金黄的，从大楼的这端铺过去，能一直铺到人的心里。我喜欢走在这条落叶书写的大道上，沉甸甸的，又软绵绵的，仿佛是一条通向成功之路的黄金海岸。那是怎样的一份幸福啊？虽每年只有一次，就这一次似乎满身心都是自豪，都是乐观，都是充满着园子主人的骄傲。

平日里，大家把时间都用在了工作和学习上，很少有人会悠闲地踩着这些落叶，走出一回自我来。我喜欢捡拾这些落叶，每一年都要捡拾，选几朵最好的压在台板底下。看着它，便是看着光阴。每看一回，都会觉得人生有太多的东西要珍惜，譬如爱情，譬如亲情，譬如友情，譬如一年一年匆匆太匆匆。

面对着黑板、白墙、书本、讲台，每天可能都是 ABCD，可能都是直线曲线，可能都是元素周期，可能都是欧姆定律……孩子们着实过得不容易！若是天天有落叶可看，有花开可赏，那该是怎样的一份美好享受啊！

夏天多蚊虫叮咬，紫藤花下似乎不再有人想去。唯秋天的梧桐飘落之美才是最好的期待，只可惜这样的期待一年仅有一次。即便是一年一次飘落，有时也未必能看到它最后的唯美。

有好几年，未见着梧桐叶子要落到最后了。上级要年检要验收，为能让校园镜子般洁净，叶子未曾落下几片时，后勤主任就安排工人用竹竿满院子敲打了。每次看到他们抒打着梧桐叶子，心里酸酸地想哭。与其这样逼着这些叶子掉下来，还不如连树都给拔了去。树拔起了，叶子永远都不会再飘落，这样校园就越发干净了。叶子团团被击落，大多只在青涩里。一直等待看梧桐叶子飘落，未曾想却以这样的姿势飘落，落得如此残忍。跑下楼，问学生喜欢落叶否？答曰，非常喜欢。喜欢以何种姿态飘落？当是自然。阻止他们敲打，早已来不及，剩下的几片，也可能等不到周末就会随着枝条削减去。捡起几片在掌心，心阵阵疼，不为自己，只为落叶。

去问校长，校长偏说落叶天天满院飞，给打扫带来诸多不便。何况学生要以学习为重，不如一日清除殆尽。这样既省了时间，也省了太多的烦心。学校是校长的，我们无能为力。那么好看的一树树落叶，硬是被生生的砸了下来，想来是怎样一种残酷。这让我想起了拔苗助长，想起了掩耳盗铃，想起了一叶障目，想起了螳螂捕蝉……

现在，没有几所学校还有梧桐树了，大都换成了纯一色的青松翠柏。

有人建议也把学校的梧桐换成松柏或冬青类，许是因为太多师生不同意，所以迟迟未能成行。一个活蹦乱跳的校园要是全栽上那些冷不丁的严肃的树木，岂不是有些太单调太沉重。

要知道，花开是一种美，叶落何尝不也是一种美啊！

第三辑

带着温暖去流浪

很想再回到从前去，很想再聆听一遍那哗哗流淌的水声。只可惜，再也回不去。请许我一池清澈，让我的一颗心不曾流浪。

岁月里的别样淹城

早知淹城，却不知淹城是从春秋来。

书上说：明清看北京，隋唐看西安，春秋看淹城。北京在繁华里，西安也是。如果淹城也在繁华里，我就未必要去的。许是看多了繁华，心要求自己有一点点静。朋友说，淹城不在繁华里，它是红尘外的一片净土。岁月已经走远，我不知道那片土里还埋葬着多少春秋的故事。从淹城回来的人说，最好别去淹城。连一座庙一片烟火都没有，只剩下一片水声，还有疯长着杂草树木的几个烂土墩。无非就是一河水又一河水，回环的绕着一座城。哪有什么城？只是一片空旷的土台。我想这便是一种好，一种春秋留下来的自然的好。若是辟了假山，盖了亭台楼阁，设了宗室庙宇。用一派繁华和香火缭绕，那样的春秋该如何安放？

岁月里，它应该老成自己的模样，这才叫归真。去春秋淹城，怎能用一个看字了得。你站在那一河青浅里，看着那一片古木深秀的安静。你应该用心去聆听，聆听春秋样灵动的乐音。然后去想，想那一个个土墩里埋藏的故事。想一叶叶独木小舟，怎样穿过一河河烟雨时的水墨生动。那一河水，是写给春秋的。写给春秋里守城的淹君，写给美貌如花的百灵公主，写给城池里织布养蚕耕种的淹城子民。它的细腻，它的柔软，它哗哗流淌着的何止只是春秋？我们没有理由惊扰她们，岁月里也许她们还在笑成自己的模样。简单着，并快乐。饮一河水，生一堆火，过着远古样的清淡恬静的生活。那里的田，长着一畦畦怎样的禾菽，那一河青浅，养着一群群怎样肥美的游鱼。炊烟袅袅，男耕女织，鸡栖于埘，牛羊下来。日出而作，日落而息。这是怎样的一幅原始的唯美画卷。

　　我是用步履一寸寸走过淹城的，我怕错过春秋时光里曾经的一朵朵美好。我想学着淹城人，如何一天天在这片安静的土里，刀耕火种，牧羊猎鱼。我仿佛看到春秋样的一张张笑脸，正从一河水上来。他们披着蓑衣，坐着木舟，走过一茬茬烟雨，用一河网撒下一片欢呼。有女子，穿着桑麻织出的清底白花的夹袄，款款来，且笑意盈盈，宛若青花。干净的让你一眼便喜欢。其中，有一个绢样美丽女子肯定是百灵公主。

　　我走过一段爱情，那是百灵公主和留国王子的爱情。我不想知道传说里，百灵公主最后是怎样一种结局。我只想倾听从《诗经》里走出来的《关雎》样的美好故事：关关雎鸠，在河之洲。窈窕淑女，君子好逑。公主淼划着独木小舟，穿过一池蒹葭，一池荇菜，来约见她的心仪郎君炎。月光下，小河边，月白风清，花香袭人，这是怎样一段美好时光。千百年一直被传唱的爱情故事，它竟起源于这一片水声。来到关雎井旁，不自觉地就会停下脚步。因为，这里是他们经常约会的地方。听说好多男女，都会刻意来这地方。用自己的方式，圆一份美好。莲叶田田，蒹葭苍苍。想像里，正有一位伊人，站在彼岸。娥眉婉转，颜色生动。然后，绢样地踩着一陌真诚走向我。也许这是一种妄想。能站在这样一个生长美人的淹城里，想想又何妨？

　　淹城，古木苍翠，碧水含烟，寂静撩人。让人流连忘返。沿着百灵公主走过的蒹葭小道，不下心来到一块开阔的空地。据说，那里曾是淹君的子城。那里有淹君殿，有淹君的后宫。想像里，淹王正伫立城头，遥看自己城里城外的片片大好河山，然后笑成一抹灿烂。有人说，那里曾是江南第一水城，这第一城当属于淹君。听说当时的淹君，就是曾在下邳挂剑的季扎。"延陵季子兮，不忘故；脱千金之剑兮，挂丘墓。"听后，心不免一阵激动。淹君季扎曾来过我的城，按其里他也该是我们的熟客。到了他的府邸，当便是客人远来。所以，身心里都透出一股亲切。朋友说，这里早该盖一座雄伟的淹君大殿，或一座淹君庙，留给岁月之后的人来仰望和膜拜。我说，这里什么都不要，只这一片安静就够了。这才叫春秋。这才是岁月里，别样的淹城春秋。

　　后来，不管战争如何。是火攻了淹城，还是留国王子炎骗了淹城。

这是历史的事，与我们无关。我们只需留一份美好的记忆，一份安静着的美好的记忆。

若想寻一块红尘外的净土，我就要你来淹城。

而今何处问浮萍

一路江南，我又遇见浮萍了。

就像在一个城池里，忽然遇见了想要遇见的人，一种亲切感扑面来。

亏得朋友约，方才有这样的机会。不然，匆忙里，还不知要等到多少个轮回？从一座城，到另一座城。从一条河流，到另一条河流。进进出出，来来去去，必定大家都在漂泊。

喜欢浮萍，是从小学始。因为家乡多荷塘，更多是荷花。喜欢荷，是从喜欢莲蓬开始。夏天到来，荷塘便是最好的去处，那里有菱角，有高高擎起的莲蓬。吃着莲子，踢蹬着河水，心底荡漾着欢快。那时的喜欢，只是喜欢，就觉荷是生了根的浮萍。后来，读了周敦颐的《爱莲说》，才知道荷还有那么多不为人知的好。记忆里，那一池池漂浮着的绿，曾是童年的最爱。就是现在想起，还觉得心间的荷塘姹紫嫣红开遍。

工作后，仍一直喜欢追着荷塘看。不是因为周敦颐，而是因了自己。初中时，教过一个学生叫何棠，我常叫她荷塘。毕业时，她写了一篇文，偏说我是一朵莲。读那文章，满心窝地感动。不曾想，在一个孩子的心坎里，住着一朵我这样的莲。这个荣誉太高上，我似乎有点担当不起。我是一朵莲？坐在牛鼻河的臂弯里，我曾笑问过浮萍。浮萍不语，看着我一脸的兴奋。那日起，我就开始努力，努力去适应莲的生长，努力去模仿莲的品行，我决意要成为孩子们心目中一朵最美的莲。

浊浊来世，我害怕自己做不成莲。怕哪一天不小心，会误了那一湾清清纯纯的河塘。其实，我只是一叶浮萍。

毕业时，分在乡下。那时的乡下，还算得上美好。因为，那里有清新的空气，还有可看的荷塘。可惜的是，在那里我从未见过有一株荷。每逢夏天，我经常一个人，跑到校东边几里路的牛鼻河里去看浮萍。好多学生因我去，也喜欢跟着去。那时总认为自己就是一朵浮萍，不知道将来会扎根在哪儿？每年暑期都有三五个人分配来，又有七八个人急着要走。走走来来，来来走走，仿佛每一个人都只是过客。后来，看着大家走，也便走。走时，我使劲地看了几眼留恋我十年的牛鼻河，还有顺流而去的那一河葱绿得让人心跳的浮萍。

那些年，我学着把浮萍当作朋友了。每次见她，似乎有许多心事要倾诉。每一次倾诉，总感觉她是用心在聆听的。十年的聆听，那该是一场怎样的遇见！感谢那一场场遇见，它让我懂得珍惜！

随后，我去了一座城。城很小，不足十平方公里。可那里，有一处荷塘，极像我家乡一样的荷塘。出出进进，每天都能从她身边过。每次过，都不舍得离开，特别是夏和秋交替着的季节里。我喜欢沿着河岸走，赏翩翩摇曳的荷趣，听哗哗流淌的水声。那一汪绿，是怎样一汪生命的绿啊，浓得似乎不再能化得开。看了，让人心里彻彻底底的澄澄澈澈。还有那花开，粉白若雪，微带点初雪留下的嫣红。一朵朵，远里就像一个个着绿萝披肩玉颈粉腮的女子。傲在风里，袅袅娜娜，把一条河温婉得生动又迷人……

那样的日子很短，留给我的记忆却很长。后来城扩大了，太多的人涌了进来。我再没有看见有莲盛开，偶尔只见些扶岸攀爬着的浮萍。后来，就越发喜欢上了那些浮萍，觉得那样浑浊的环境里，还能生长出这样坚强的绿来。这样的一次遇见，让我心生怜惜。没几年，一河厚重袭来。我的喜欢，仿佛只剩下一场无助的空。如今经过那河岸，似乎大家都要躲，更多是想逃。我也想逃，可我没有要逃的方向。

面对一河这样的浑浊，总让我想起家乡，想起当年的牛鼻河来。牛鼻河还在，河里的浮萍却不知去了哪儿？年前回去看了一趟老家，故乡还在，而故乡的荷塘早就淤积成了一段段不堪回首的往事。站在杂草横生的河床，我没遇见一株浮萍。小时候的满池凝碧，小时候的花开倾城，小时候绿叶叶下面清凌凌的水声和蛙鸣……都一去而不复返。我儿时的荷塘呢，儿时的浮萍呢，儿时的蛙唱呢？……这一切，怕都永远只能盛放在匆匆走散的记忆里了。

而今何处问浮萍？

朋友说，江南水好，花也好，你来不来？我去了，是带着一份这样心思去的。第一站，划船去莫愁湖。水还好，不再能看见一层赶着一层的泡沫。穿过疏朗的浮萍，去莫愁身边观赏深情绽放的并蒂莲花。夕阳里，人来人往，船来船往。看着莫愁，看看莲，不由得让我想到爱情。繁华的都市里，还有多少人的爱情能像莫愁湖水里并蒂莲样盛开。

在秦淮河，我没看到莲，在苏州河里也没见……几朵浮萍散漫地生长着，没有一点生气，仿佛有太多的心事。

听说城里有很多河道，不再能见着浮萍了。去山塘街的路上，一船娘告诉我，原先这河里是有浮萍的，后来不知怎么说没就没了。在淹城，在拙政园，在西塘……我看到了莲，感觉她不再是我想象里的莲，仿佛沾满了一身污渍，更多是油气。那些浮萍，似乎不再像是浮萍，绿得极不自然，很旧很沉重。每每看到这些连梦都做不完整的浮萍，我不敢想象下一出口她会漂向哪儿？

但愿，每一次遇见都不再是萍水相逢。

窗外，雨声叮当。那一池池流淌着的苍翠里，不知道哪一朵浮萍是我。

沈园的春天

不想在春天去沈园，怕落红无数里，会又一次撞见诗人回肠荡气般的忧伤。所以，选择六月。

六月，大家都要忙。孩子忙考试，大人也都忙着陪孩子考试。都忙了，大家就不会腾出时间去沈园了。选这样一个时间去，我想沈园会是我一个人的了。在那里，我可以一个人独享沈园的美。我还可以一个人站在那段矮墙下，将他们的《钗头凤》尽读个够。

不曾想，仍有那么多人来。来了，偏又不愿意走。

春天早已去，我疑心怕没有再好看的花要开。不料，一路仍是花开无数，且开得动人心魄。那可是我好多年前就见过的最美的花开啊。她是绒花，是我最喜欢的绒花。开的像把小扇子，霞一样的粉色小扇子。不知谁偏叫那树为合欢树，那花为爱情花。多好听的名字，仿佛一段优美的爱情。我真是孤陋寡闻，竟不知她还有一段鲜为人知的凄美故事。多年以前，我并不知道她会有这样的一层恋着的意思。只是喜欢，就觉她美。记得毕业，最后那个晚上，一个女孩送了我这样的一朵粉扇。花本无意，直到后来的后来。才发现，那花却有一叶叶不一样的美好。

在沈园，我也看见一树这样的花，开得热烈，开得纷繁，开得美艳倾城。看到她，立马让我想到陆游，想到唐婉，想到他们的爱情。合欢，何其欢也？陆游是那样的爱着唐婉的，爱得那样深沉。唐婉也是。本以为这段爱情，会开到终老，开到枝繁叶茂。不曾想，世俗偏要他们分开，分得不清不白，不情不愿。即便天各一方，那份爱又怎能割舍得下。

十年后，回沈园，只为唐婉。唐婉还是十年前的唐婉，在陆游心里。

酒过愁肠，那晚陆游醉了。醉里，泪人样。唐婉也是。哭完，便有一曲《钗头凤》遗落在沈园。南宋的这个春日里，一枝梅花飘然落下。隔着梅花，我们的诗人最终没能握住风中婉儿的那双红酥手。

后来，一直没有见。回和了一曲《钗头凤》之后，唐婉就忧郁了去。

唐婉走了，沈园还在。然而，沈园却不再有以往的生机。

四十年后，重游沈园。陆游含泪写下了《沈园》一诗，以纪念唐婉：伤心桥下春波绿，曾是惊鸿照影来。桥还在，树亦在。绿波的倒影里，早已不见了惊鸿。

没了唐婉，陆游只剩一腔思念。着一腔思念，陆游仿佛背负一辈子的内疚与遗憾。爱情究竟输给了谁？陆游不敢言。错过，可能就是一生，陆游怎敢忘。许是因为放不下，每年春天都要去，每年。

春如旧，人空瘦，泪痕红浥鲛绡透……

唐婉走了，可唐婉那首《钗头凤》还在，唐婉好听的声音还在，唐婉的丽影还在。因为忘不了，才要去。每次去，肯定是一地忧伤的。这忧伤，也肯定是很长一段时日都无法平复得了的。

辞世前一年，84 岁的陆游，不顾年迈体弱，再去沈园。作《春游》诗，以记之：也信美人终作土，不堪幽梦太匆匆！

在陆游心坎里，沈园就是一场梦，一场春梦。那一段刻骨铭心，陆游怎忘得了。

沈园与我所见过的园林比，没有太多的不同。花有，草也有；亭有，轩也有；山有，水也有。太多的，我都记不住。我就记住了，那面矮墙上的两支钗头凤，还有那棵开得满满粉扇的合欢树。喜欢陆游的《钗头凤》，是在青纯懵懂的高一。一位四十多岁的老男人，把那首《钗头凤》读得让人心碎。老师眯起眼，声音沙哑仿佛有东西梗着喉，样子很难堪，似乎他就是那个"夜阑卧听风吹雨"的陆游。读过陆游"红酥手，黄藤酒，满城春色宫墙柳……"之后，一直不相信这样一个驰马疆场的铁骨男人，竟会有如此这般的侠骨柔肠。

去绍兴，我只看了沈园。看一个沈园就够了，因为那里有一个唐婉样的表妹和一曲《钗头凤》样的春天。

今夜，我是西塘人

原本这一夜，是属于乌镇的。不想在吴江迷了路，只得改道去西塘。到西塘时，太阳还没落山。

夕阳里的西塘，别有一番韵致。阳光斜射过来，把小桥和黛瓦青砖的影子倒映在河面上。一条条小船从夕阳那边划过来，波光粼粼处仿佛是一片片水声。那哗哗水声，润湿和惬意着我曾经多年的向往。西塘，莫非是我前世一个梦。注定要在这样一个夜晚，与她相遇。

虽然早入了夏，阳光不再热烈而是一种暖。本以为，这个时候的西塘是安静的。不想，游人要比想象里多了好几成。我喜欢安静，可骨子里依然喜欢热烈。他们多是年轻人，手挽手往夕阳那边去，他们多像我年轻的时候啊！可惜的是，我的年轻里并没有西塘。看着他们一张张幸福着的笑脸，我一样幸福在他们的幸福里。这也可能是前世的一个愿吧，今夜要与他们相约在西塘。

这一夜，西塘肯定又是一个不眠的夜。

导游说，今晚就住在李大姐家。她家的客栈就在烟雨长廊的边上，什么时候想看西塘，什么时候都可随时随地看。这样一个住处，是我想要的。因为整个西塘的夜，都是我的了。这一夜，我便是西塘人。大姐很亲切，每句话都说得人心里踏实。大姐说，到咱这就像到自家一样，要什么尽管说。大姐还说，不想睡，就开着窗看一会烟雨长廊。烟雨长廊这名字好，第一次听，第一次便喜欢，多诗意的一个名字，这样的名字只配给西塘。想到烟雨这两个字，脑海里不断地翻转着，属于江南的那一页页美丽画卷。小桥、流水，长廊、烟雨，石板路、油纸伞，青砖黛瓦、穿旗袍的江南女子……印象里，这便是最好的江南。

放下行李，匆匆去寻一个吃饭的地方。

妻子说，景区里面的饭菜一定很贵，不如到外边吃。西塘，一个生活着的千年古镇，由它贵，也一定不会贵到哪里去。沿河的饭店，都挤得满满的。热闹的地方，绝不敢去，那里早已没有了立足之地。过一座桥，又过一座桥，然后前行。那里似乎比烟雨长廊处安静得多，我说不上来是什么方向，就觉是走了好长一段子路。找了一家叫寻味园餐馆坐下来，三个小菜，一壶小酒，七十元，的确不算贵。吃饱喝足后，外边早已是灯火明亮了。

今夜，我在西塘。西塘的夜，是我见过的最美的繁华。

天青色等烟雨，而我在等你。一个女孩的声音，从河对岸传过来。举目，对岸的枕河人家的窗里早已人影憧憧了。尽管今夜没有烟雨，而我一样喜欢。我想，西塘的夜，肯定是另一番繁华。

不小心，随着人流没入了酒吧一条街。这里是人的海洋，灯的海洋，也是声色的海洋。只是看着，就要醉。难得大家都能放慢脚步，用一种淡然的心境去享受着这样的一份安静里的喧嚣。走在这样一条声光色影味俱全的深巷里，有一种要回到年轻时的意气风发。若是再回到十年前，二十年前，我一样会走进那酒吧，跳着热舞，唱着情歌，喝酒去。这样一个年轻人的天下，我真真地有些儿嫉妒了。

一个酒吧一个酒吧的挤过去，不时有女生和男生呼唤着我们进。哪里能进得去啊，我们的青春早都不在了。

初见、时光、风吟、青禾……这些酒吧的名字，起得真好。抬头，是一行动人心魄的文字：我想为你留下一段记忆。这名字好，说出今夜多少人的心声。几乎每个人都在那儿照了相，我也不例外。人头攒动处，连照张相都选不好一个角度。在那儿徘徊了很久，太多的美好让我想起。我只是一匆匆过客啊！留着一段记忆为谁？

转身，一个拐角处，是拾年生活旅馆。挤过去，有一个牌子吸引了我：如果幸福不在路口，就在路的尽头。多看几眼后，忍不住走进去。店里招待的小女孩，微笑着，温馨得要命。我说，我们不吃饭，也不住宿，只想看看这"拾年"。女孩笑着答应了。走进去，坐在雕花的窗前，要了两杯咖啡，翻翻杂志，听听音乐，看看窗外喧嚣的时光。这一次，我们仿佛真的又回到了十年去。

回头，仿佛初见。一束光亮，把那几个字印在了青石板上。踩着那片灯光，我想有多少人如我一般想回到最初的美好里。每一间铺子都热闹着，每一条河流都热闹着。我在热闹里，不知所措。人太多，没挤上船。走累了，只好坐在送子来凤桥的石栏上，看灯光里璀璨的夜色和行人如织的过往。

一条小巷深处有旧时光，直到回客栈的时候才发现。走过去，特留了一张影。旧时光虽已回不去，必定有太多的回味。千年等一回，这一刻的遇，怎舍得轻易地过？

夜早已深，西塘一点点静。

大家都陆续地回了自己的住处，我不想回。我牵着妻子的手，才敢像年轻人那样，大大咧咧地又走一遍烟雨长廊。今夜，烟雨长廊是我们的。妻子说，好多年没这样牵过她的手了，亏得今晚在西塘。我说，今晚西塘全是我们两个人的了，我要把这一切的美好，都印在心坎里。

直到西塘全安静了，我们才敢走进那个叫做佐皋的旅馆。梦里，仍是一夜西塘。

我和江南有个约

每逢七月的这一天，我都要计划着去江南。

喜欢江南，是因为儿子，就觉那是儿子的江南。儿子上大学时，我们的心就开始随了儿子去。江南的无限好，从那一刻起，便盛放在我们朝思暮想的顾念里。说是放不下儿子，其实更多是放不下江南。

第一次去江南，是八十年代末的一个暑假。那是一群人的江南。那晚，我们二十几个人，从徐州坐了十几个小时的绿皮火车去苏州。哪里是坐？分明是站了十几个小时。第一次要去江南，你可知那一份心情是怎样地急切？

一路上，大家都没舍得眨一下眼。虽看不到车窗外是一种什么样子，可我们一路都在用心倾听。我听到了自己的心跳，听到了时光和夜色一点点从窗外走。到长江时，谁的一句话，弄得整个车厢都不安分。长江！快看长江！随着声音，大家狠命地向窗口挤。我是在人家胳膊底下，才看到一眼儿时就希望看到的长江的。这是我生命里，第一次看到长江。那一刻，我的心几乎要飞到窗外去。江面上有大大小小的船，船上有红旗，还有黄灿灿的灯光……长江早已过，我仍徜徉在"滚滚长江东逝水，浪花淘尽英雄"的浩荡里。

过了长江，便是江南。这一刻，你知我们有多高兴。书上说，上有天堂，下有苏杭。不曾想，我们就这样离天堂一点点近。过长江不远，大家便开始大声吟咏起古人写给江南的诗句来。江南好，风雨旧曾谙，日出江花红胜火，春来江水绿如蓝。半壕春水一城花，烟雨暗千家。三十六陂春水，白头想见江南……你一句，我一句，就这样唱开去，一直唱到苏州车站。坐在椅子里的那些人，时不时看着我们笑。不知是笑我们的诗意隆重，还是笑我们的年幼无知？

火车一路开进天堂，我们已经不知东西南北。买一张天堂地图，只得跟着人流走。

第一站是枫桥，接着便是寒山寺和虎丘。第二天，再要去看几个园林的时候，大家再也不愿意走。人多了去，天又极热，每一所园林，几乎都是要淌着进去，然后再淌着出来。疲倦里，花和草、亭和阁、假山和池沼，属于哪个园子的都不再能分得清。若不是读过叶圣陶先生的《苏州园林》，还不知道自己是在天堂的哪一个角落呢？匆匆忙忙间，时光尽丢失在路上。回来时，我们一路酣睡到江北。

江南，只这两日，说不出来她有多少好，就觉疲惫。

毕业后，大家各奔西东。匆忙间，就觉这一生里，怕是很少再有机会与江南约。偶尔读到江南的一些章节，便不紧不慢地要翻过去，江南似乎只能是梦里的一片想往。以后的日子，只要有人提起江南，我会有理由骄傲地跟他说：那年七月，我去过江南！

一晃，二十多年过去。江南似乎早就将我忘。直到儿子零九年要去江南读书，心中那份江南情结才又一次被引燃。

那年七月，站在长江绚烂的光影里，我第一次近距离阅读了长江的魅。江水的滔滔气势，苍远的回声，温凉的气息，让我整个七月都不曾平静。那一次，我果真是醉了，我为祖国有这样一条浩荡与妩媚的母亲河，而感到自豪与沉醉！

毕业后，儿子留在了江南。那时就想，儿子可能以后就是江南人了，我们以后也可能会成为半个江南人。时不时，江南的那些诗句就会有意无意地漫过心头。人人尽说江南好，游人只合江南老。二十四桥明月夜，玉人何处教吹箫。山月不知心里事，水风空落眼前花，摇曳碧云斜……

去江南，是这几年来七月里必做的一件事。每一次去，儿子都要带我们去看不一样的城，看不一样的江南风景。看过了楼台，看寺庙，看过了花草，看山水。远到浙江海盐，近到扬州的瘦西湖。每一处，我们都是极其用了心的。二十年前看江南，只是匆匆过，没感觉她有多好。

现在每看一处，似乎都觉得那一处便有那一处存在的理由。

有人说，江南极像是水墨画，每一幅都值得细细推敲和珍藏。我觉得江南更像是茶，每一杯都需慢慢用心去品味和咂摸。在江南，如果你只是看到了花草，看到了亭台殿阁，看到了小桥流水，那不算是看到江南。看一个地方，我认为你得看它的历史，看它的文化，看它的底蕴，看它不同于别一个的独特诗意和韵味……有些地方，不只是要看，更多是要怀想。譬如雷峰夕照，譬如秦淮明月，又譬如西塘和南浔的夜色……枫桥是张继的枫桥，乌镇是茅盾的乌镇，绍兴是鲁迅的绍兴，沈园是唐婉和陆游的沈园。每一处，都有听不完的故事，都有写不尽的离歌。

最喜烟雨里的江南，那一份迷人的美，是江南留给过客最好的慰藉。天青色等烟雨，而我在等你。每次听到这首歌时，心便缠绵于江南那一处处的好。

江南的雨，说来就来。我喜欢江南的细雨里，旗袍样的丁香女子，温润的青石板路，还有青苔斑驳的石桥与深巷。我喜欢历史赋予江南的，这一份古老的美。这份美，沧桑而厚重，能给人一种沉甸甸的质感。我也喜欢烟雨长廊里，那些满挂着的大红灯笼和撩人的招贴，还有小河两岸流淌出来的吴侬软语样的歌谣和清音……江南有青花瓷、油纸伞、黄泥螺、龙井茶、蓝花布……这些都是江南留在你记忆里的最美的符号。

江南的小吃也不错，始终有一股甜，甜的东西似乎更能招惹人欢喜。所以江南留给我的印象，便也是甜甜的了。八珍糕、橡皮糖、姑嫂饼、袜底酥，就这名字都能给人一种欢喜的欲望。

感谢儿子，在我人生行至大半的时候，送给了我一个这么好的江南。

江南，不是三两个七月就能读得完的。烟雨里的江南，飘雪后的江南，油菜花倾城的江南，稻香蛙鸣里的江南……

七月又至，儿子打算回北方工作。这一次，怕是之后不再回江南去。这个七月，不知江南会给我一个怎样的惊喜？相信，这次约，江南会准备更多的美好，在那里等着我。

请许我一池清澈

江南水好。听说。我便急着去。

走过文德桥，走过蔡家塘桥，走过山塘桥……我并没寻得一处清澈。

在蔡家塘桥的栏杆外，站了很久。我看到一位钓者，和一弯钩。那人似乎很认真，坐在苇塘的隐蔽处。稠嘟嘟的水波里，只见着水面上飘来的几行苍绿色的浮物。说不清那东西是什么，只有浑浊。偶尔，几个泡沫泛起。那人高兴，提钩，忽有一尾鱼儿，呆窝在钩头。仿佛还没睡醒，一脸的倦态和愁容。那不是我小时候，曾见过的一种最美的小青鱼吗？怎么越看越觉得陌生了呢？大头，细尾，身子瘦弱，像个早产儿。问钓者，这里鱼能吃否？那人答，我欲钓回家里养。忽然，心里一阵喜。这样的岁月里，难得还能有这样一位钓者。仿佛有太多的谢意，不知因谁？

水做的江南，本以为处处清澈见底的。可这一次远行，并没看到那一池的底究竟在哪儿？

我住的城，是苏北一座不大的小城。进城的时候，专挑了一处有河流的地方。我总觉得，有水的地方才有灵气，才真正像个家的样子。刚进城，城还小，它只躲在偏远里。那河虽不甚宽广，必定满生着草和苇，偶尔有鱼来来去去。初见，心便欢喜得不行。后来，城扩大了，居住的人越来越多。城大，原本该高兴。不想，那条河从此再也看不见了清澈。草没了，更不见有鱼儿游。"钓者"一说，仿佛早是遥远里的事。后来，阵阵腥臊味爬上岸，撞开人家的门。呆在这样的城，似乎已经厌倦，更多是后悔。后悔当初，怎么偏要选一条绿水做成的河流去爱呢？那可是县城的一条母亲河啊！看着，心揪得生疼。

去哪儿寻找一条清澈的河流呢？我真有点迷惘了。

人说江南好，江南有鸟语花香，有泠泠水声，有沿河铺开的楼台殿阁和美景。你信与不信，反正我是信了。

我是冒着雨来江南的，我想在这样烟雨隆隆的季节里，找一池属于自己的江南。去秦淮河，我被那儿的热闹惊艳了。花花绿绿拥挤着的人流，是江南给我的姹紫嫣红的好。人头攒动处，我看秦淮仿佛盛唐。掬一捧秦淮的水声，差点儿晕眩。那么有名的一朵秦淮，就觉有一层厚重的脂粉气还没来得及散尽。我心坎里朱自清样的桨声灯影里的秦淮河呢，怎么说不见就不见了呢？看着，没敢游。第二天，便急匆匆地往南赶。

枫桥下的运河里，有船娘的笑脸和橹声，很好看，也好听。这一切，似乎不是我想要的。看过张继醉过的河道，我找不到属于我的枫桥夜泊里的美。我失望了，梦似乎有些儿碎。心底的江南，一夜间，似乎比想象里更有些儿远。乘船，去山塘街。一路行人，一路水声，一路烟雨。两岸的吊脚的楼台，翘在烟雨里，有一种淡墨后的朦胧美。雨在水中，开着细碎的花。那水花儿本该开得灿烂，像一个个江南女子的笑脸。偏觉那一起一伏浓绿里，却有几分淡淡的愁绪。更不是想象里，要溅起的一朵朵白。上岸，躲到一条小巷的酒肆里。隔着窗，要一碗酒。然后，一个人默读起雨水敲打小巷石板的声音。那声音脆生生的，很好听。时不时，有女子踏着石板路走来，真真觉得这是一条戴望舒样的雨巷了。看着，读着，方觉这一刻，自己真地是属于江南的了。

雨停，学着江南人踩响石板路。一阵笑声里，竟忘了自己是在江南。人来人往中，或许我留给她的只能是一个背影。顺着水流，去看一条河，那从天堂里流来的汩汩清澈，瞬间被化作半河晦暗。好不容易积攒着的一份兴致，此刻再也寻不见。

到哪儿去寻找自己想要的那份清澈啊？此时，我真要彻底迷茫了。

睡在苏州河边，那夜我忍不住思念起小时候的故乡来。

一直以为，故乡是个偏远又极其贫穷的地方。想走出来，便是要逃。许是很多人和我一样，欲找一处繁华，安顿自己。转了那么多的山水，反倒觉得还是原乡那里好。那里有儿时的清净，更有儿时的清澈，虽然只剩一片自然的底色。小时候，山沟里流淌出来的水声，现在依然响彻耳鼓，那是怎样的一份水声啊！仿佛每一朵浪花，击打出来的都是一簇簇银白色的响亮。那里的山泉水，带着草药的清香。滑过喉，淌过胃，能让人五脏六腑都通透明了。那里每一处池塘，几乎都是见着底的，鱼虾满塘，草盛苗肥。我是喝着那山泉水长大的，我能感觉到那是有生来最美的遇见。然而，不知怎么就忘本了呢？

听说，那里正在搞开发，好多地方早被弄得不成样子。

很想再回到从前去，很想再聆听一遍那哗哗流淌的水声。只可惜，再也回不去。

请许我一池清澈，让我的一颗心不曾流浪。

一梦到山塘

听说我要去苏州，朋友亚波大清早便从昆山回。

我真的要感动了。他说好几年没有见我，这一次说怎么都得见。因为要见，他是特意请了两天假的。他说他是半个苏州人，可以做我的向导的。原先，我是不信。早知道他当年最是喜欢美术和书法的人，没想到他会因为喜欢，竟要携妻挈子一路追赶到江南来。在虎丘山下，山塘河边的一条深巷里，停下了自己的脚步。

他租了一间民房，傍着山又依着水，停在一条有青石板脆脆声响的巷子里。我知道这是他想要的，那份浪漫着艺术气息的安静。原本也有他这样一份不安定的念想，我却没有狠心要做得到。不想他，说做就做了，是那样的彻底。

我问他为什么要在这山塘七里留下来？他激动里只是憨憨的笑几声，然后高兴地要带我划船去。

二十年前我来过苏州，印象里没有山塘七里。仿佛也记得当年只曾看过几个园子，印象里模样大都相通。树和草，廊和亭，假山和池沼。说美也美，却再也记不起究竟各自美在哪儿？唯一能想得起的，便是张继的枫桥。后来，在诸多的回忆里，写过好多篇关于枫桥的文章。也许是因为张继，也许是因为他的《枫桥夜泊》。那年，我二十岁。二十岁，一个多美好的年龄。那时，看每一处风景都觉新鲜。去来匆忙，大多浮浅，眼睛只是随着游人去。那时总感觉，岁月面前还有大把大把的光阴可以走，还有太多太多美好的风景可以看，所以不便慌张。走过即走过，没想留下太多印象。即便读了张继的《枫桥夜泊》，也不觉得有多伤悲。

若不是初中时，读了叶圣陶先生的一篇《苏州园林》，怕是苏州那一片山水早已相忘于江湖？

然而梦里，总有一座江南珍藏于心。

很多年就以为，心坎里的江南是一位水灵灵的娇俏女子。打着油纸花伞，穿着碎花旗袍，回眸里有一份安静的浅笑和轻柔。那样小心的妩媚，婉转，时而惑着人的眼。更多的时候，是惑着人的心。向往里的江南，仿佛心壁上全是水墨泼满的一幅幅小桥流水人家。简静着，飘逸着，流淌着……小河，小桥，小巷子；石板路，油纸伞，青瓦白墙；一蓑烟雨，一叶画舫，一位丝竹样的江南女子……乘一叶画舫，听一曲丝竹与箫声，看着枕河人家的女子踏着石碣浣她的秀发和袂。好多年，心尖里的江南一直都是这个美丽的样子。我认为，只有这样才足以叫江南。二十年前，仿佛看过一眼，但不觉如想象里美好。所以，好多次从她身边过，只是把头伸出车窗外不舍的遥望几眼，没敢惊扰。怕不小心，那份梦样的向往会碎了一地。

不知从哪年起，对那些辗转去江南的朋友心生许多羡慕来。私下里也暗想，有一天只要还能走得动，定将把那最爱的山水流浪个够。

近些年，有朋友陆续搬迁去江南，多次邀我一同去。我是一个恋家的人，骨子里流淌着故乡的山水。好多次只是心动，却没有成行。不像亚波君，一甩手就能走得干净。

好端端的，怎么又去了昆山？你也知道，我一直是个停不下来的人。就像这花船，流浪间才能看透沿岸的风光。好多年没见，你一点都不见老。就像这梦幻里的苏州，太多的刻骨铭心都雕刻在过往的繁华里。虽然有些许的斑驳，但必定藏不住太多的沧桑古韵。他回我一脸菊花样灿烂的笑，你不来我怎敢老去。再不来，怕是要走不动了。他说，也是。剩下的时光已不太多，也该出来走走了。

山塘怎么样？是不是如你向往里的那位美丽女子？我说山塘很美，只是有些旧，若是早来就好了。船娘笑，亚波也笑，而我却没能笑出来。

说话间，我们就来到了半塘。斟酌桥头花草香，画船载酒醉斜阳，桥边水作鹅黄色，也逐笙歌过半塘。不知谁的诗，他却吟得这样深情。

一点都没变，他的样子还若当年，依然有一股艺术家的范儿。

直立船头，听着汩汩潮声。夕阳里，我们向一夜山塘去……

雨中的梦幻横店

忙了一段时间，儿子偏要我们去旅行。儿子说，那么多的好山好水，以前我们都没看，再不看就要老了。人活着，不能总是忙，也不是只为了忙。儿子长大了，他说的每句话似乎都能往我们的心坎里去。儿子说的是，再不出去走走，这辈子怕是就要过去了。

妻子喜欢看《甄嬛传》，看时老说，在哪拍的，这么好的地方？要是这辈子能去转转，也极不错的。儿子听后，便硬是让我们去横店。横店是个影视基地，好多古装戏都在那儿拍摄。那儿有秦王宫，有清明上河图，还有明清宫苑和梦幻谷。听说，现在那里正在复建被列强焚毁的圆明园。其实我是喜欢看山水的，我觉得老房子一片片，没多大看头。为能让妻子到皇宫里走走，我决定一心一意陪着去。

横店那地方，似乎太偏僻，又太遥远。

几天前，儿子就把票买好了。不去，又觉得不妥。

看过天气，预报说，横店无雨，心便欢喜。

一夜未眠。三点半，儿子就把我们叫醒，怕我们会迟到。

室外，夜依然安静。有雨星飘落，心一下子微凉。妻说，可别下雨啊！下了雨，什么都看不成。我说，下点雨也好，我们会觉得闲得值，更能静下一份心去看足山水。

出发，一路直奔横店。

原计划，五个小时车程，不想，用了近九个。这个清明里，是不是大家都要赶着去横店？才那样拥挤。

车窗外，雨一路跟着飘，不大，却让人担心。大家都睡熟，我却没有困意。透过雨，我一眼眼看尽雨里匆匆而过的山水和时光，似乎没有一点要放过的意思。妻子说，就给哪八辈子没出来过似的。我看到了油菜花，和我家乡一样的油菜花，还有麦田，还有村庄，还有河流。浙江的山真多，才过杭州，山似乎就起伏连绵起来。山不高，也不算大，就觉正好。车走山也走，一座接一座，好像始终走不出去。在平原呆得久了，看到这样扯不断的山川，每一座似乎都觉得稀缺。导游说，浙江七分山二分水一分田，今日算是看得明了了。

清明时节雨纷纷，果真是。

过了诸暨，似乎还没有停的意思。好多人开始醒来，叽咕咕地怨着雨。这一怨，天真的不再淅沥。说话间，太阳就出来了。透过窗，阳光的暖热热地扑过来。好多人都脱去了厚重，有几个女孩竟只留下短衫。一时间便有人大叫，热死了热死了。老天爷也真难做，总是不能时时刻刻随了人的心。我还穿着故乡时节的衣裤，也想到江南会热，没成想会热得这么快，热得这么突然。虽带了两件薄衫，在车厢内换下去，已是不可能，好在空调可以降降温。

阳光照在山上，山便葱葱的闪着亮光，水也是。

到绍兴，眼睛一刻都不曾离开。年少时知道的绍兴，原来就在窗外。看着那一片片苍翠和高楼林立，就觉着有鲁迅样地亲切。仿佛有乌篷船，有古老的戏台，还有阿发和闰土跑过的街道。看着，一直没敢眨眼。可我没看到乌篷船，也没看到鲁迅的三味书屋。似乎有些遗憾，心底决意哪一天定要来。不为别人，只为鲁迅。

一路上，妻子总夸人家的房子好。一座座或一片片，都是四层小洋楼，偶尔也见五层的。座座都插着红旗，还是国旗。看着这样的小康人家的生活，便觉心坎温热，似乎生出几分羡慕来。说浙江人有钱，不能不信了。

一座山连着一座山，一个隧道接着一个隧道。

山坡上有翠竹，有茶园，也有油菜花。有油菜花的地方，必有红墙绿瓦的掩映，配着群山，这样的地方果真如世外桃源了。大家似乎很羡慕，其实桃源早该在我们心里。

光说横店远，不成想会这么远，要隔着千山万水。

导游说，不到半个时辰，就到横店了。说得人心里痒痒的，又热热的。

前面真的是横店了，两个大字雕塑样站在青藤环绕的山石上，赫然突出。导游开始说起横店，说起一个叫许文荣的横店人。横店，是横店人的横店，更是许文荣的横店。他发了财，没有忘记生他养他的这一方故土，是他让横店在世界出了名。导游还说，过去横店很穷，穷到有女儿都不愿嫁横店郎。只十多年光景，横店就变了，仿佛横空出世般，一下子名声鹊起，成为了中国的"好莱坞"。几千部影视剧在此拍摄，数以万计的海内外游人和影视明星每年都次第介入。若是哪天我有了钱，我也要建一个横店。哪天才能有钱呢？我这个只会教书的穷先生。妻子说，别做梦了，打伞下车。我说是假如，有这样一份心，也不错，起码我的心里还有我的故乡。

窗外，又飘起了雨星。一车人，似乎又多了一两分幽怨。

下车，跟着导游涌进了一家饭店。

饭店的饭菜不错，是我这么多年来旅行吃得最好的一次。二十五元一人，四荤四素，一煲一汤。每一顿，似乎都吃不完。原打算只吃一顿，见着好，又补交了两顿钱。匆匆吃完，便急着赶往清明上河图。看看表，差不多三点。此刻，天象一口大黑锅，笼罩着周围的山。有雷和闪电，时不时轰鸣闪烁，太多的怨顺着雨水倾盆而下。亏得带把伞，鞋早已湿透。导游说，抓紧赶着看，四点钟在车上集合，下一站要去秦王宫。沿着宋朝汪汪的街道，急着往前拥，没法再能停下来，也停不下来，因为能避着雨的地方都挤满了人。好多人都买了雨衣，十元钱一件，精薄精薄的，仿佛再大点雨都能砸穿。我没买，就觉有点雨挺不错的，因为北方很少遇到这样的雨。雨真的很大，砸在水塘里，砸在街道上，砸在青楼女子的花窗上，砸在一把把色彩纷呈的雨伞上……我是想跑过雨的，专拣街道上的回廊走，怕沾湿别人，总要侧着身子。雨里的宋朝真好看，特别是匆匆忙忙赶雨的人。雨衣裹着行人，伞挤着伞，满大街开着赤橙黄绿青蓝紫。只有这样，才更显出清明上河园的繁荣。隔着雨帘，我看到一朵朵水花，四处绽放。透过雨幕，我恍惚看到了绣楼后面一垛白墙上，写有汴梁一梦四个大字。看着，仿佛觉得自己也在梦中，也在宋朝的汴梁。

楼上的花窗里，有女子在召唤谁的名字。那一身打扮，是宋朝的衣，我真真疑心她是师师了。认真地看了她一会，就觉真是在汴梁，而不是横店。

向前走，是鬼屋，是《聊斋艳谭》里的鬼屋。好多人是怕鬼的，看的人并不多。我们挤过去，要去看看鬼，权且躲着雨。十个人一组，我恰巧断后。明知没有鬼，心里还是有点怕。进去，一片黑，声音怪异，然后有鬼出没。不是鬼吓我们，是我们把自己吓了。有几个女子叫得惨烈，真像鬼，呀呀的麻人。妻子躲在我的怀里，浑身颤动。我说，只管闭着眼，很快就会走出去。前面有个男生，被她掐得活嚎。我说，只管掐我，别掐人家，人家会认为真的遇见鬼。有僵尸悬于梁上，蠢蠢欲动，我将它一个个拨开，浑身早已汗津津。快出来的时候，有一女鬼伸手欲抓我，我大声呵斥，休动手我是钟馗，方才作罢。几分钟的行程，真的好漫长。出来，一身冷汗，自此，不愿再去鬼屋。

这一场虚惊后，屋外已经雨撤云散。阳光透过薄云射过来，一束束。风很暖，更多是清新，连老房子都新新的。热闹开始了，照相、打趣、吆喝，行人一下子进入了状态。回眸，好多风景都在远处等我们，然而已经回不去。站在汴桥上，照一张相，导游的电话已催得紧。这一张照片，算是清明上河园里唯一的纪念。不，还有一张是刚进园子时别人慌乱躲雨的背影。

接下来，被车拉进秦王宫。秦王宫没下雨，只是时间有些短。导游说，四点半钟就要赶往梦幻谷，五点后不再能进得去。时间都在路上，都在雨里。

刚到梦幻谷，还没进大门，雨又滂沱而下。横店的天变得真是快，一会儿一个样。这一次，我是怕了雨了，简直是倾盆。我们被逼仄到了一间大屋子里，那里正唱着戏，是黛玉葬花。我无心思看戏，我只读雨，我想看看横店的雨，究竟会下到什么样。门外，人流涌动，雨打着他们，打着霓虹，大家似乎都是欢喜的。

梦幻谷，只适宜夜间看，因为它是灯的海洋。就那摩天轮上的璀璨，在雨里显得格外妩媚和耀眼。我没有理由不高兴，有人说旅行不在于到怎样的目的地，而在于过程。这个过程，我是享受到了，并且是很诗意的享受。窗外是雨，也是五彩的，就像帘子。屋内早坐满了人，舞台上是咿咿呀呀地歌唱。听不懂，而我却喜欢，从没这样悠闲地坐着看过戏，在雨天里。

看看表，快到晚上七点。赶忙起身跑进雨里，因有另一场《梦幻太极》将上演。导游临来的时候就说过，来横店，不去梦幻谷是一大遗憾。去梦幻谷，不看《梦幻太极》演出，又是一大遗憾。这一场不能错过，就是舍了命，也得去。出门，人和雨水一起流淌着，淌进一个叫梦幻谷的舞台。

举着伞，妻子躲在伞下。我不想让她淋雨，可雨偏斜过来，我只能用我的身子挡。雨很知趣，专拣我的背部下。鞋和袜子早都灌满水，我们的影子照在五彩的光影里，也是一样的梦幻生动。

舞台真大，光看台上的人就有五六千。一晚上要演四五场，可见梦幻的人真是多。

还未找准自己的位置，演出就已经开始。雨已经小了点，隔着灯光能看到一条条雨线。演出的人也都穿了薄薄的雨服，灯光的照射下，曲线依然那么鲜艳优美。一幕幕演出，都在雨里进行，连同火山喷发和火龙吐珠。看过之后，我们都被现代化的激光技术给震撼了。不是因为故事，而是因为灯光效果和场景。喝彩声此起彼伏，其中有一声声是我们的。我们把自己的声音，留在了梦幻谷，留在了横店。我打开手机录了像，直录到内存不足才作罢。

雨一直下，忽一阵大，又一阵小。我们这个团都坐在前排。台顶太高，且是昂着头的，雨一阵阵飘过来。打伞已不行，挡了后面的人。工作人员每人发了一件雨衣，演员身上穿的那样薄薄的彩衣。穿着它，就觉自己也是在演戏了，在这梦幻谷里。

亏得有雨，梦幻才这样好看。那人说。我觉得也是，有了雨，梦幻似乎才更梦幻。

离开梦幻谷的时候，快九点半钟，我们却迟迟不愿走。

回到旅馆，已见满天星星。窗外已是万家灯火，我一点困意都没有。

第二天，横店晴，三十二度。我们并没忘记带上伞。我怕横店的雨，会说来就来。

桨声灯影里的秦淮明月

中秋没有回老家，我只在秦淮。

十年前去秦淮，是在雨声里。那日我去江南，只路过秦淮。二十年前就知道，秦淮很有名。不是因为它是六朝故都，也不是因为秦淮八艳，而是因为朱自清先生的《桨声灯影里的秦淮河》。白日里人很少，河里的船也少。我看秦淮人家，却是隔了一层雨帘。雨打着秦淮流淌的街道，水花一朵一朵。我踩着水花，站在桥栏上，凝望一河烟雨里的秦淮河。躲在伞下，半个身子早已湿透。别人匆匆过，只有秦淮雨声一直响彻在我的旧梦里。有船驶过桥下，几个俊朗女子在雨声里阵阵灿笑。许是笑我，许是笑一河湿漉漉的花样绽放的烟雨。雨没有要停的意思，大家都躲进了小楼。只有我伫立在雨幕下的文德桥上。笑声从隔岸雕花的小楼里传出来，雨声里显得不甚清脆，但很会撩人。那天，别人心里是雨，我心底却是整个秦淮。

"烟笼寒水月笼沙，夜泊秦淮近酒家。商女不知亡国恨，隔江犹唱《后庭花》。"在雨里，我一口气读着这样的秦淮。

不知什么时候雨已停，朋友电话催得紧，再不走就来不及。我真没有想走的意思，到哪儿看风景不都是一样的，偏偏留给秦淮的时间就那么短。对面是乌衣巷，是我在不小心里见到的。乌衣巷？我似乎有些惊着了。旧时王谢堂前燕，飞入寻常百姓家。没想到在行将离开的时候，我见着了曾经迷失了多年的乌衣巷，竟然生长在这个地方？穿过去，简短的一条巷子。没有行人，只有滴滴嗒嗒的雨声。从琉璃的房檐下，从松竹的枝叶间。没来得及深看，只是一个忘情的擦肩。

雨后清凉里，秦淮显得很安静。因为要赶下一站路，秦淮河就这样的，在我无言的对望里湿了眼眸。

儿子毕业了，要留南京。这一次，非要带我和他的母亲去看中秋夜晚的夫子庙和秦淮河。

一头连着家，一头连着秦淮。家有父母，秦淮那端有儿子。我真的不知道，这个中秋要不要回？我感觉陪儿子的时间还长，陪父母的时间要短。纠结好多天之后，最后还是选择了秦淮。因为这是儿子工作后的第一次邀约。他一直说领到第一个月薪水，就在南京最繁华的地方，带我们看看景，散散心，吃吃饭。难得儿子有这份孝心，若不答应，怕是真的有些辜负了他的那份想往。而心里头，依然舍不得乡下的年迈的父亲母亲。儿子说，十一长假不到几日就要来，那时再陪我一同回老家看爷爷奶奶。中秋，儿子仅放两天假，来回折腾也不容易。最后拗不过，还是欣然去了曾经擦肩而过的六朝江南。

吃过饭，先是爬了紫金山。儿子说，那是南京的母亲山。山不高，游人如织。然后要了一条船，去莫愁湖里泛舟。船很多，一家家或一对对行在水中央。水还好，清，看不见底。最爱荷叶田田，开着朵朵锦绣。"山下藤萝飘翠带，隔水残霞舞袖。"（《莫愁湖》郑板桥）莫非说的就是水上雕塑莫愁。这名字真好，似乎要醒着人的心。夕阳里，湖水甚是好看，波光潋滟。想来"卢家何幸，一歌一曲长久！"

上岸，直奔夫子庙。儿子说：夫子庙，是南京最繁华的去处。夕阳早已落幕，车子就是停不下来。沿着街道蠕行，没一处能够安放。绕过好几条街，在一个旮旯里，才找到一处点把车停下来。我是迷了方向的，当年到过的印象一丁点都没有。人太多，仿佛从四面八方一齐涌过来。没法停下来，也停不下来。只能顺着人流，向前淌。不小心便淌进了秦淮河上的那座桥。刚想停下来，看看熟悉的桥栏，后面人便催得紧。着一身月白样服饰的管理人员站成一排，和善的告诉我：先生，这里停不得。伸头看一眼灯光璀璨中的秦淮河，心一下子兴奋起来。秦淮河原来是南京城的母亲河，难怪那么多人要来。好多船，沿着一河灯影去去来来。想要划船，今夜怕是不能。排队的人，早已让你看不到尽头。我对儿子说，船不要了，下午刚刚划过。儿子说，来秦淮河若不划船，你定是体会不出桨声灯影里秦淮河的味道。

说到坐船游秦淮河，这倒让我想起【七绝·秦淮河】里的句子"锦瑟微澜棹影开，花灯明灭夜徘徊。一池春水胭脂色，流到前朝梦里来。"不知谁的诗？就觉写得好。在秦淮河畔，你能想起很多人。是他们走过的秦淮，曾经演绎着一场场繁华。唐寅、吴承恩、郑板桥、吴敬梓、林则徐、张謇……他们都是从江南第一贡院走出来的科举名人。杜牧、李白、刘禹锡、王羲之、王献之、王导、谢安……他们专程赶来为秦淮写诗作画或潜居此地。还有李香君、董小婉、寇白门、柳如是、陈圆圆……这些人都漂亮得让人不敢嫉妒。听说秦淮的一半脂粉，因她们才流成一条河。

月亮上来了，从秦淮人家的房顶上。

今晚月儿真圆真亮，圆的亮的有点让你心慌意乱。好多人拿出相机，拿出手机，竞相的给她拍照。好像感觉好多年，没见过月儿这般的被人宠着。想必被人宠的滋味，肯定有不一般的美好。月光的清澈，温润，特别的可人，今夜。十五月亮十六圆，偏偏今年却不是。秦淮这一晚真是热闹，那么多的人挤在那，遥看这一块玉碧样的明月。今晚，天下人都要在这一刻享受着这一轮皎洁，想来真是幸福。虽然大家都不能谋面，那份思念肯定在月光融融里氤氲的化不开。海上生明月，天涯共此时。天空真是大，真是高，真是远，真是能包容。那么大的一片天，那么多的一群人，今晚却要共沐一月之晖。此时，我又想起我的父亲母亲。他们一定正坐在自家的小院子里仰望这一轮明月。此刻，他们也一定会一样的想着我们。

挤过文德桥，又顺着人流没入街边的店。店里的人多了去，让你无法安放，更无从转身。隔壁是傣妹火锅店，儿子偏要进。二楼，里里外外都坐满了人。三楼，也都坐满人。二百多个席位，无一处空闲。儿子就让我们分开站在旁边等，自己又挤到里间去寻找。约莫半个时辰，方才腾出一张桌子来。坐下，深深呼一口气，周身通透着火锅的料子味。傣妹的生意真好，麻麻眼，怕就找不到位子。怕是，一个晚上就能挣到十多万。窗外，人头攒动。整个夫子庙，盛在一片喧嚣里。隔窗，我看不到秦淮河，我只能看到斜挂在对面马头琴样房檐的月。我想那里一定是，满河灯影了。

饭毕，店内外依然人影憧憧。排队划船的人，仍并排着数条长龙。桥上，安保人员还是不让停下来。儿子说，这桥是决不会让人停下来的。不是有一句歇后语吗？秦淮河上的文德桥，碰不得。我没敢追问，只好找一个别样的出口离开。这一次，我没来得及去看乌衣巷，更没来得及靠近秦淮河。但我能看到秦淮河那一轮明月，朗朗的沐浴着我的身心。想象里那些坐着花船的游人，他们一定高兴地不得了。因为在这样拥挤着的夜晚，他们等到了别人等不到的船。听着船桨划过的水声，看着两岸秦淮人家花窗里筛出的灯影。那滋味，肯定是余生来一种最美的壮阔与激动。看着他们，我真是有些嫉妒。这让我又想到朱自清和俞平伯的桨声灯影秦淮河了。"在这薄霭和微漪里，听着那悠然的间歇的桨声，谁能不被引入他的美梦去呢？只愁梦太多了，这些大小船儿如何载得起呀？"秦淮这样美好的夜，我定然是写不出来的。我哪里能写得过朱自清先生。他的桨声灯影秦淮河，我是无数遍都读不够的。今晚，我的耳边有桨声，我的头顶上有明月，身边又有那么多陪着我的人。这样，便足够了。倘若还是十年前那样一个人的秦淮河，我会寂寞死。今儿个不一样，今儿个是中秋，是大家一块儿过着的中秋。

妻子说，早知不来了，那么多人。我说，天下是大家的，月亮也是大家的，要是一个人看了，多没趣。

离开夫子庙时，夜已半。秦淮河的热闹仍没有停下来，怕是这一夜她都不会安静。回到驻地，凝望一窗月光，心底便是一夜秦淮。

从此我要爱这里

读茅盾《春蚕》时，便知道有了乌镇。茅盾出生在乌镇，最后又回到了乌镇，因为乌镇是它的根。茅盾把他的乌镇，浓缩在自己的作品里，泼墨出一页页绚烂浓情。茅盾笔下的乌镇很美，小桥流水，枕河人家。那时，我想象中的江南，便一直是乌镇了。每一次想到江南，每一次就都要想起乌镇。

江南，去过好多次，特别是苏州。看过好多园林和古镇，似乎觉得都大同小异，有些儿混。壹三年看刘若英饰演的《似水流年》，便想着要去乌镇。那时工作正忙，一搁置又近两年。起初不去乌镇，是想保留我对乌镇的一份想往。看过那么多山山水水，就觉少了一些东西。热闹处无非是，霓虹闪烁，灯红酒绿。安静处，莫非是亭台殿阁，小桥流水人家。每一处似乎都是人挤人，热闹之后，便觉什么都没有留下。好多去过的地方，似乎不再能想得起来，就觉去过。所以一直把乌镇保留在心底，不想它会像看周庄和西塘一样，只是在人山人海间匆匆过。我想乌镇，最好是一两个人的乌镇。那天正下着雨，撑一把伞，走在窄窄的深巷里，踏着青石板路，听着雨哗啦啦的敲打着，千年古镇木墙黛瓦的声音。安静里，一个人，一条街，一片雨声，一排老房子，然后是一座小桥，一条小船，一条小河。这才是江南，才是心底里的江南。

儿子准备从江南，调回江北。以后的日子，我想江南那地一定会去得少。这才决议要奔乌镇去。

书上说，去乌镇最好是春天去，更能体会出杏花春雨江南的韵味。我不能再等了，如是再错过，不知还要等多少年。去旅行社问询，这个季节当属于淡季，去乌镇的人很少，加之东方之星又出了事，只有周末，才有一班去乌镇的旅程，且还要等到报满团才能出发。接连好几次跑去旅行社，直到周五晚上才定下来。这一次人很少，连导游和司机不足三十人。人少些好，不然又会吵吵闹闹的，只当是出了一次远门。

第二天一早，便从常州出发。一路上，梦幻着千年乌镇是不是心间想象的那一份美好。行至离乌镇还有二十多公里地，道路要整修，不得不改道，不想却在吴江桃源迷了路。司机和导游都很急躁，不只是我们。原本九点半就到，十二点还在桃源的乡村公路上转悠。过一收费站，才又再接着回到高速去。到乌镇时，天有些阴沉，大家开始责怪起司机和导游来。这正中我的心思，亏得这一段迷失，才等来一场雨。雨里的乌镇，才是我最想要的。

吃完饭，真的有雨落下。雨不大，适合打着伞。我是带了一把伞的，我想象中的乌镇该有一场雨。导游说，时间太紧，可自由行动，一个钟头大门口集合，然后去嘉善海盐南北湖。大家都跟着导游去，我只想拥有一个人的乌镇。

乌镇不大，似乎还未遭到现代文明的浸染，是原生态的那种。木房子枕着水，难怪书上说，乌镇是中国最后的枕水人家。我喜欢这种原生态的美，不雕琢，也不刻意夸饰。太多的喧嚣之后，这里才是最好的一个泊处。正如刘若英在电视剧《似水流年》里的一句台词："如果你想要让自己能够休息一下，然后希望去的那个地方会有浪漫跟奇迹发生，我觉得你可以去乌镇。"街道很窄，门开着一扇，有老人正坐在竹椅子里扇着扇子。年轻人大都去了西栅，只有老年人守着这一份安静。行人很少，只因都躲着雨。我一个人，走在一条街道上，一个老房子一个老房子看。哪间是林家铺子，哪间是茅盾的故居，哪间是立志书院。踏着石板路，听着屋檐滴水的声响，仿佛回到了前世的一个家。站在石桥高处，能看到烟雨里高低错落的灰墙黛瓦。有乌篷船划过来，慢悠悠的，船娘着一身蓝花布衣。有女子打着花伞迎面来，就像雨在水中开出的一朵朵花。这就是我要的江南，我要的乌镇。

最喜乌镇自制蓝花布，青花瓷样的淡雅。那样一种蓝，很安静，一直能蓝到人的心底，让人感到十二分的舒爽惬意。这种原始的本色，配着幽暗的街巷和木墙瓦黛，这才是乌镇的原本样子，这才是我想象中的江南。记忆里，奶奶也会制作蓝花布，小时候见过母亲和姑姑穿过这样的蓝花布缝制的小棉袄。所以倍感亲切，就像回到年少时那一抹纯净里。

喜欢乌镇，是因为茅盾。茅盾之于乌镇，就像鲁迅之于绍兴。如果一个地方，缺少了一些文化气息，那一处景再好，也只能算作一个景。乌镇则不然，乌镇有茅盾和他的老通宝以及林家铺子。喜欢茅盾，不只是因为他是一个会写书的大家，也不是因为他是什么文化名人。而是因为，这么大的一个人物，至死都不忘了乌镇曾是他的根，不忘记他的母亲和他的妻。何况茅盾的爱，是那样少有的痴情和专注。这是许多文人，许多有本事的人做不到的。茅盾的妻子孔德沚不识字，曾经问茅盾，北京有多远，上海有多远。茅盾并没有嫌弃她，而是耐心的培养着她，直到成为一位新知识女性，患难与共，最后相伴到终老。

好多人，都说乌镇没什么看头。不是没有看头，是他们不懂乌镇。

乌镇给我的时间太短，回眸里偏有太多的不舍。仿佛它就是我前世的一个故乡，在等着我回家。

临走时，我只想告诉她：乌镇，从此我要爱这里。

带着温暖去流浪

在苏州，我遇到一只猫。不，确切地说是四只猫。

那天，我只是一个匆匆过客。雨下的很透彻，似乎没有要停的意思。下楼，猫声骤起，直奔我来。我想它是认错人了，在这个人流涌动的江南都市。

是只野猫，当心抓了你。谁的一句话，惊了我，也惊了这个清晨。那话有一种吴侬软语样的轻柔，来自一个打着花伞的美丽女子。没敢动，一任猫的小蛮腰温柔我的脚踝。我有点儿可怜起这只猫来，因为外面的雨声。它看着我，是仰望里的一种看。它的喵喵叫声，似乎在告诉我，它饿了。刚想迈开步子，忽有三只小猫鱼贯而入。一只黑色，另一只也是黑色，还有一只狸色。看样我是躲不过了，它们一齐围着我喵喵地叫，叫得我心慌。猜想，这几个小家伙一定是那个老猫的孩子。声音有些儿凄清，是那种需要紧急求助的凄清。这个清晨，我想它们一定是饿坏了。

有一种暖来自猫的偎依，可我不知该怎么办？前面是雨，后面是刚刚辞别的高楼。

这个时间，一定有很多人下楼的。奈何，偏偏要遇见我。我只是一个匆匆过客啊，去哪里给你准备一顿充饥的早餐呢？不是猫儿为难了我，是我为难了自己。若像其他人一样走开，权作什么都没发生就好了。真是笨，猛踢它几脚，它又能怎么得了你。是雨太大，还是我存着一份善意，也许二者都有吧。它们的仰望和叫声，一阵紧一阵，让我着急得心疼。这一次，感觉是脱不开身了。把书包打开，翻出所有的东西。我试图要告诉猫们，我真的没有好吃的东西分给它们，想让它们死了这份心。

巧了，还有一块被揉皱了的面包，躺在书包的底层，心间一喜。拿出来，一分四份。老猫没吃，仍一个劲地叫，仿佛感激。小猫吃得兴奋，高兴得手舞足蹈。看着小猫们吃得高兴，老猫也高兴。从它喵呜喵呜的馋叫声中，似乎能听得真切。看着，心里仿佛有一丝安慰，就觉自己做了一件很温暖的事。

吃完，它们不想走，依然仰望。我摊开两手，做个笑脸示意它们。有人下楼，看着我笑。我不知道他们笑什么，也许是无趣，也许就觉得可笑。

雨还在狂下，亏得没带伞，这样的雨里，我不知该往哪个方向奔跑。此刻，我只能和猫们站在同一个屋檐下了。对于这座大楼，我们也许都是外乡人。

大家来去匆匆，没有人会更多地注意到这一幕。猫躲在一边不说话，目光里依然是渴求。我们相互的对视着，仿佛眼里充满着亲切。一老太，提一包东西走过来。肯定是垃圾，包裹得严实。老猫猛扑上去，老婆吓了一跳。连忙左划右划，口里还咿咿呀呀说着我和猫们都不懂的话。老猫追出很远，才回头，眼里有太多的失望。

雨小了，我还要赶路，我不知猫们要去哪儿。拿出一页纸，写几行这样的字：楼下有四只猫，一个母亲带着三个孩子，它们还没吃早餐。谢谢！我不知道要谢谁？我把它粘贴在上下匆忙的电梯里。

转身，想想自己所为，觉得有几分好笑。然而觉得，心间升腾着一股暖意。

看几眼墙角处，用渴望眼神盯着我的猫们。极其温情的说了一句：再见，猫们。再见，苏州。

过去了这么多日子，心里仍一直惦念着那只流浪的猫咪。相信这会儿，它和孩子们一起，也许正享用着最美的晚餐呢。

伊人的庄园

　　麦子熟了，杏也该熟了吧。只因这一句话，我们几个人便出发。出发去一个，曾经开满杏花的伊人庄园。

　　那里离我老家很近，只隔一座山。山不大，翻过去就是。细算，要不了一个时辰。即便那么近，我还是第一次去。一朋友说有个庄园，非常的不错，杏和山楂爬满山坡。开始我不信，那日见了果真是。见着，不只是欢喜，更多是遗憾。那么好的一块地方，又那样近，我竟浑然不知。一直向往着山外，有花盛开，有鸟鸣叫，有山水可以养着心。未曾想，一个转身的距离，就能看到躲在身边的一份美好，竟生生地活在别人的眼眸里。难怪有人会偏执地说，风景都在远方，都在你的向往里。我是不该有这样想法的，必定那里是我的家乡啊！

　　朋友说，车子一直可以开到山上去。沿着树林荫翳的水泥路，阳光筛过浓密，车子颠簸在细碎的时光里。这种美，何时曾见过？路不宽，绕在林间，你不能看到它的尽头。我喜欢这样一条看不见终点的路，它留给你太多的空间让你想象。假如那是一条一眼就能望到出口的大道，那才真是没了趣。就像人的一生，太直接了，味出不来。平平谈谈就不知觉地过来了，年老的时候怎经得起回眸。那样一种苍白，不如不要。

　　朋友说，咱就这样开着车把山水看遍吧。我说，不要。不妨留给自己一点想念，看完了看透了，就没了太大的意思了。有些事情，不能看得太透，若是看的透彻。你就会活得不再风生水起了，没意思的。如果我们老是把自己囚禁了起来，也不是个办法。再好的风景只在窗外，这样匆匆地穿过去多没面子。何不走下车来，给灵魂找一个安适的静处。

他们信了我的话，车停在一片林子里。

走惯了平地，乍一步入这样的起伏的山峦。一下子就感觉，有点找不到自己。远望，有房子从林中来，露着一只角。心仿佛看见了烟火，不免兴奋起来。住在这样的僻静里，定是个不一般的凡人。要么看穿了红尘，要么就有一腔侠骨柔肠。不然，谁会住在这？这里的空气多好，干净、清爽。仿佛氤氲着茶香，又似乎浓得有点化不开。莫非是万水千山走遍后，他竟要看上了这一方净土。

花都开完了，只能看到满树的果。杏子最易见，老远就黄给你看，看得你心里有流泉写满酸甜汩汩来。山楂子挂满枝头，都还在青小里。远看只是一片片碧绿，走近才觉是一树树满满的果。有的向上，有的低垂，一窝窝地攒着劲生长，让人目不暇接。看过山楂曾经的红，却没见过她年少时的这般青葱。这样一次看，倒有点相见恨晚的感觉。真真的，让人有些怜爱了。还有赖子，青红满树，这是好多年没有再见过的赖子。今日见便觉格外亲切，可又不敢相认。朋友说，他叫癞子。谁起这样的名字，我没看出他哪一点不好。形象若桃，感觉比桃好看。细腻、光滑、圆润，又红扑扑的。哪像桃，一开始还毛毛草草的。我不知他的花开得怎样，相像里感觉肯定要比桃花干净得多。最起码不会有桃花样地招来蜂蝶。即便熟过了火，也不会有桃子样的妖灼之气。这么久，我没看到有桃，莫非主人怕犯了桃花才不便移栽。朋友说，这都什么时候了。夏了，你想桃，桃也未必会想你。另一朋友说，要是早来就好了，这一山的灿烂肯定盛开得要命。那时花开，一定比现在好看得多。我说，错过未必不是一种美好。就这满树的果，你就能想象出那时满山的热烈来。人的一生，谁又不曾错过？错过前世，但愿不要错过今生。说回来，人是贪婪的。即便看过了姹紫嫣红的花开，可能还会不满足，说不定，还会梦想着要看到那一树一树的果是如何地挂满枝头。

说话间，就来到了那个丛林里露出一角的房子。房子不大，特有型，屋檐上翘，是古书里说的那种碧瓦飞甍。有五根柱子支撑，中间是帘子遮住的窗。帘子很美，绿色的底子，每一帘都是一幅山水画。这间房，看上去倒像一个亭。但更像阁子，又比亭显得优雅大方。里面有一石桌，几把椅子。桌上好像有泡好的茶，仿佛还泛着袅袅的青烟。莫非这是神仙居住的地方，那般的有韵致。我们没敢进，怕惊了那一份安宁。只围着看了看，然后又向纵深里去。

面前是一个湖，不，确切地说是一个水库。不大，端正好。太大，就显不出山的峻秀了。在山的怀里，一味清澈，没有一丝波澜。四围的树都倒映在水面，安静的让你想不起来这里还有一个湖。湖岸多杏树，还有不知名字的树。不细心你看不见杏子，它躲在密不透风的绿叶间。扒开树的枝叶，果真鲜艳。杏子黄得羞怯，让你一时不敢触摸。一朋友说摘几个尝尝，没人敢响应。第一次来这地方，若取。怕主人来抓个正着，失了气节。细视地上的落叶，感觉自己又不是最初的贼，所以才大胆。见周围没人，便开始下手。起初三五个，后来七八个，仍过不足瘾，又去攀别的树。朋友踮起脚尖，攀着高枝，差一点跌入湖里。你们是城里来的吧，一看就知道。循声望去，一个女子着一身红立在湖的对岸，正用一种铃铛样的微笑看我们。在这绿里，显得忒耀眼，仿佛这山峦开出的花。未曾想，山里还生长着这样一位不食人间烟火的美丽女子。莫非她就是伊人。伊人在岸，绿树花红水清浅，女人迟暮。这样的风景，真是让人有点心动了。拘谨里，感觉做贼是那样的不容易，却又这般的美好。我小心的说：没吃过，只采几个尝尝。那人笑：没事的，你们早来几日就好了，差不多已被人摘完。声音像一片流水。要不，就去西面那个园子看看吧。

不知是不是因为杏子的诱惑，还是因为伊人的微笑荡了一片湖水。几绕之后，我们还是去了那个园子。说是园子，我没有看到有篱笆隔开的墙。一样的散养在那。一个如我年龄样的汉子迎过来，一脸的和善。我想，那个美丽的女子定是他的女人。他带我们参观了他的石林，他的杏园，还有各种名贵的树木和花草，以及他的宾馆和茶社。和他拉着话，不感觉生分，因为有着同样一种乡音。我在山前，他在山后，饮着同一座山上流下来的清泉，所以倍感亲切。这是你的山？算是吧！十年前，这里还是一片乱石荒塚，我花了50万将它承包下来。你真的很有魄力！那时就觉着有一天它能赚大钱，没想到会来得这么快。春上，有人要花

180万买我这片山水，我没同意。因为不满足？不是钱的问题，是有了感情。这里耗费了我和妻子十年的青春，还有梦想……这里的每一棵草，每一树花，每一粒果，都一直是我的最爱。他说得激动，我们也听得激动，但更多是敬仰。

走过二十亩杏园，夕阳已在山。

夕阳在山，我们将要回城，但仍有太多不舍。

是因为伊人，还是因为那片结满果子的庄园……到现在，我们都说不清。

第四辑

时光是一朵盛开的花

忘记仇恨，记住爱。活在一片温暖里，
你会觉得时光就像一朵朵盛开着的花。

那年蛙声

感觉好多年没听到蛙声了，今日不知怎么忽然想起。一想起，就没再放得下。傍晚沿着护城河走，希望在那一河苇里会遇见它。一条河近乎走完，却没有听到一句蛙鸣。回头又走，试图能在这个夜晚找到一丝年少时蛙样的安慰。回家忽然醒悟，城市里原来是没有蛙的。

小时候，在蛙声里长大。没了蛙声，似乎觉得那些日子有许多不适。春天刚来，那一河清浅里会有太多的蛙的子女们。它们成群结队，游满一河道。说是找妈妈，妈妈找到没找到不知道，就见它们欢天喜地的摇着尾巴。一窝一窝的，一片片的，把一条河墨染得波光潋滟。那时，芦芽刚刚露出青粼粼的叶片。我们追着一群群蝌蚪观看，看它们如何把这一河清澈荡漾成一幅幅水墨长卷。

夏日里，雨次第来。门前那条苇河便成了一个蛙的世界。蛙鸣，娃亦鸣。整个乡村真是诗人所说的：稻花香里说丰年，听取蛙声一片。那时天热，睡不着觉。睡不着不怕，有蛙声陪着。每到夜晚，村里人相约专找一个有河岸的风口，拽条大席，拿把蒲扇，三五成群的。在蛙声里说笑，度过一个个香甜的夜晚。树上是蝉声，水间是蛙声。谁还会讨厌这个歌舞升平的时代。要是有一天听不到蛙鸣了，还真觉得不是个滋味。

高中去镇里读书，蛙声似乎离自己远了点。每逢周末，才能回家拿一周的伙食。那时没有自行车，大多是步行。步行好。步行，我们沿着蛙声四起的稻田和河边走。不管多黑的路，有蛙声陪着并不觉得有多遥远。

后来，离开了有蛙声四溢的乡村，去一个叫做城市的地方上大学。

间或，在校园的池塘里还能听到几句蛙鸣。却不再有家乡样的大合唱。家乡蛙多，歌声也多。此起彼伏，这边唱吧那边登场，没有落下去的时候。学校池塘里的那几只蛙，只躲在河边唱一两曲。见没了热闹，没了欣赏，没了应和，孤单单的也便无趣地停下来。那蛙声从来都不抑扬顿挫，断断续续让人听着有点心烦意乱。歌声再动听，也必得有一定旋律的。有人唱高声部，就得有人唱低声部，还得有人唱和声，那才叫优美。

再后来，我在一个乡下中学教书，那学校周边没有池塘也没有河。遥远里仿佛有蛙鸣，但似乎又在想象里。夏日里，同行的几个人。晚饭后有事没事都要去学校东边的牛鼻河散步，顺便听听久违的蛙声。在那里，似乎还能找到点乡村人的自信。后来进了城，再没有那安静清纯的蛙声可听。每日里，车来车往，人来人往，你再听不到还有其他好听的声音。

说起蛙声，这又让我想起一个笑不出来的故事。

那年，我去乡下一中学送考。偏偏那些日子多雨，学校几乎洼下去地方都有水。那天上午正巧考英语。蛙是嬉水的，难得久旱之后遇上这样的甘霖。于是，蛙声四起。学生家长不愿意，教育局督考也不愿意。汽车鸣笛都不让，岂敢让你蛙鸣。考点主任当即下令，四名后勤管理人员，每人发一把大扫帚，一套雨靴雨衣，分守在考场东的池塘边。制止那些蛙，为高考保驾护航。蛙好像一点不怕吃皇粮的人，头一伸使劲哇几声，又钻入水下。池水浑浊，只见蛙声不见蛙。有一只蛙叫，另一些蛙便群起。几个工作人员，急躁得直跺脚，嘴里还骂骂咧咧。蛙是听不懂中文的，倒是对英语感兴趣。喇叭里的英语伊哩哇啦，把蛙都挑动得神采奕奕。越是压制，却偏要叫得更起劲。考点主任气得不轻，来来回回骂蛙。蛙不受他们管辖，得意的讪笑。督考人员无奈，只能对那几个看管蛙声的人，下最后一道通牒。如果蛙声不息，你们本月工资将被扣除并作大会检讨。几个工人着实辛苦，又的确委屈。一会东一会西，忙得钻头不顾腚。这一场人蛙大战，弄得人啼笑皆非。学生考完了，工人累坏了，蛙躲在草丛里笑得灿烂。那天，我呆在休息室里，内心说不出的一种况味。然而，我笑不出来。谁曾想这群蛙竟会对现今的考试制度不满，真有点让人纳闷。

昨晚，跑步去郊外的花径。我看到一只蛙，正蹲在塘里的小岛上翘首看我。没有叫，只是看，仿佛熟人。我向它示意，希望它能叫两声给我听。它不屑，似乎看出我是城里人。是不是觉得城里人的人情味特淡，便一个猛子不见。我沿着它跳跃的方向去寻，它只躲在菖蒲的怀里，眯起只小眼睛偷觑，好像对我嘲弄似的。我小心的靠近，再靠近。想告诉它，我是个好人。只是想让它唱几声给我听听，我没有太多的奢求。它不说话，也不眨眼，只是微笑。离开的时候，我学着娃的声音叫了两声，它还是笑。然后，呱的一声远去。

坐在电脑前，耳畔一直都是那年蛙声。想那蛙声，我仿佛又回到了清纯年少，心欢喜得不行。

白花花的流年

孩子要吃山芋干子，春节时我对母亲说。那时只当玩笑，谁都不曾当真。昨天母亲打电话来，说白花花的山芋干子快晒好，催我回家取。此刻，一种说不出来的感动，心头漫卷。

回家，母亲正在河南沿的麦地里翻晒山芋干子。母亲老了，每挪一步似乎都很艰难。白花花的阳光里，母亲的发早如雪。走过去，跪着扶起母亲，心里有一种莫名的疼痛。母亲是老了，耳朵有些背，叫几声才听得到。眼睛也早已花，看着我的时候，偏要靠近了细细地瞅。可能是我回家的次数太少了，母亲似乎有些生疏。渴不渴，饿不饿，累不累，母亲止不住的催问。我是儿子啊，母亲，怎么感觉这些年越来越客气了呢？

眼里的母亲，一直是个强壮的汉子。那样艰苦的年月，似乎一个人就能担起日月。扒河打堰，推车挑粪，挖沟除草，每件农活似乎都能做得风生水起。现在连站起来，都要颤巍巍的了。岁月啊，为何偏偏要母亲一天天这样的老？

搀着母亲，迎着白花花的阳光，我们回家去。

母亲很高兴，一脸的灿烂如菊。这种久违的欢天喜地，怕是只我们在的时候，才能看得出来。天好，风也好，山芋干子也好，今年这个秋。母亲说。媳妇还好吧，孩子都好吧，上次拿的那些胡笳南瓜吃完了没？母亲问。记得以前，母亲是个沉默寡言的人，那时，也许是因生活的压力太大了吧。现在，母亲的话真多，多得数不清。父亲在的时候，她能说给父亲听，父亲不在了，不知她该说给谁听？亏得家里还有狗儿猫儿，兔子和羊，还有几十只鸡鸭。见我回家，连它们都上蹿下跳欢喜得不行。母亲笑着告诉我，这些东西真唠人，一会不管它们都不行，嗷嗷叫的让你一刻都停不下来。我不在的时候，母亲肯定和它们说了太多的话，真得要谢谢它们。我不知道夜深人静处，母亲的寂寞如何安放？怕只怕，自己一个人的时候，又要对着父亲的照片说话了。

好多年没切晒过这玩意，手都有些儿不听使唤，看样子真的老了。当年，两三夜熬过来，都感觉不到，白芋头干子都能铉得纸薄纸薄的，一两天就风干。现在切得太厚，一天要翻晒好几遍，仍晒不白晒不利索。母亲当年真能干，几千斤山芋，两三个夜晚都能刨晒完毕，有时还要帮着大老爷和三老爷去做。

记事起，每年秋天，故乡的田园里都是白花花的一片片。沟渠旁，山坡上，收秋后的菜地里，到处是。若是那年要丰收，连绳索上、小树上、篱笆帐子上、低矮的房檐上，都能挂得满满的。远望，真真是一幅幅极美极美的图画。向上看，半个山坡都一片银白，白得让你不敢太看。若从山上往下看，哇，壮观死了，每一块土里都好像铺上了一层层雪。阳光下，闪闪亮，白花花的耀着人的眼。放学归来，挎着篮子，或拿着口袋，都要高高兴兴地捡那白花花的干子归仓去。

那时，白干子是主食，家家户户都能收好几大褶子。我们家东屋里存放的那个大蓝盾（柳条编的），还有几桄箔（高粱秸秆制作），都曾是当年收藏山芋干子上好的器具。现在依然完好如初，只当是留作纪念了。

乡下，每年这个时候，你都能看到闪闪的一片片白，铺在这个季节里。记得工作后，这种景象似乎还零星的在。也许生活好了，这样的白才渐渐淡出人们的视野。许是因为吃腻了山珍海味，忽然间又想起那白花花的滋味来。城河西沿一条街都做白干稀饭卖，生意特红火，光我们就去吃过好几回。每次吃，似乎不再能吃出小时候的甜味来，可还是想着去吃。每一次吃，每次似乎都要想起从前，想起从前简单着的白花花的岁月。想着，有时能想到泪流满面，然而再也回不去。

岁月真是无情，连母亲的发都要染得花白，何况时光里那白花花的流年。

　　捧着母亲刨晒的一包包山芋干子，心里热乎乎地暖着疼。我要告诉儿子，这白花花的一包包里，浓缩着太多太多母亲的挚爱浓情。

我听见风吹过芍药红

清晨散步，经过学校的后院。谁栽种的几株花，不小心跳入了我的眼帘。开始我疑心那是牡丹，仔细端详才觉她是芍药。

五月要来，花开正好，红红艳艳的堪比牡丹。三十年没有见，一种亲切扑面来。走上前，有一种贪婪的欲望。清晨里，我看她羞成一朵朵腮红。这种娇羞的美，只有年少待在闺阁中的女子才有。特别是那些花骨朵儿，更裹得紧。一层层，包着薄如蝉翼般的粉衫。只低头敛着微笑，不敢张狂。这是谁家的女子，在这个霓虹千丈的岁月里，仍能保持这份镇定自若。阳光不来，她是不愿打开的。仿佛一打开，怕要被人占了便宜。所以她要躲，躲在花开倾城的红尘外。只以草的名义，开一种药香样的花。

风吹过，一阵阵香，顺着小巷跑过来。这种香，有一种滑滑的绵柔，像流淌的岁月。不似桃花流水，让人看了惹一种非分之想。也不似月季只顾浓烈，更不像海棠只因浅淡。总之，她有一种说不出来的书香气。仿佛一个女子，着一身粉嫩，坐在绿藤环绕的石阶上，正偷偷读她的《西厢》。那种好，恰似红楼中史湘云醉眠芍药茵了。靠近她，眯着眼去嗅，一股芳醇入怀。不敢再贴近，怕自己走不出来。若是真的吻着她，肯定会醉的不成样子。那种醉，怕要比湘云还得深红几许。

我知道，为什么春天她不开花了。春天里，花开无数，且有些儿乱。她不喜这种乱，她要的是一种田园式的静逸。若把她比作一个女子，也算是一个极聪明的女子。等花们都开好了，她才小心翼翼地绽放。她不想让喜欢她的人，在乱花中渐渐地迷了眼，更多是迷了心。花开半夏，她只要你对她一个人好。

记忆里我的年少，几乎是满满这样的芍药红。我喜欢这种云朵一样的芍药红，阳光里有一种放肆的美。那种美，只开在阳光里。没有阳光，只长叶不开花，或开花异常。我喜欢一切阳光灿烂的美好，它能给人一种积极向上的力量。

小时候，家里人口多，年年都要入不敷出。为能减轻生活上的压力，祖父不知从哪儿弄来一些芍药的种子，撒在树底下。起初只是些小苗苗，不见开花，可就是找不出原因。即便过了几年，也开得萎琐。后来才知道，阳光是她的生命。它的根是极其有用的，晒干后，可作药卖。那样的年代，吃饭都成了问题，开不开花不甚重要。只要它的根还能换回几个零用钱，便足够了。我记事的时候，芍药被当成经济作物，几乎家家户户的自留地里都栽种，半个村庄五月里都是片片花海。我最喜欢掐那些粉嘟嘟的花骨朵儿，装进有水的瓶子里。放在窗台上，或放在书桌上，让花香弥散开来。虽然没有根系，不见阳光，可她仍能绽放好多天，有时候，是好几个礼拜。那时，风吹过村庄，一个村庄都花香袭人。风吹过学堂，满学屋都是芍药的清香气。在这绵柔的花香里，我们度过一个个欢快的年少。

记得一年端午，我和姐采了好多芍药花的骨朵儿去街上卖。好像是二分钱一枝，没想到有那么多人喜欢她，一个上午便大胜而归。后来，大家也都学着我们，把那些花骨朵儿拿到街上去卖。因为太多，不再能卖得成钱。

后来，去过很多城市和乡村，似乎一直没有见。

每每看到其它的花开到姹紫嫣红的时候，就会不自主的想到曾经的村庄里的片片花海，想起祖父。每次给同学、朋友们讲起，我总会眉飞色舞。时间长了，仿佛没有人再愿意听。在这个浮躁的年代，谁还会停得下来，去聆听你岁月里那些曾经的碎碎念。我说给儿子，儿子不说话只是笑。我怀念过去，那些单纯美好的小幸福。我觉得，那都是岁月给的美好。那么多年来，我一直珍藏在心底。我怕自己，会忘了本。书上说，忘了本的人没有几个是好东西。那时的天真烂漫，那时的纯真质朴，那时的简单快乐，那时的无忧无虑……觉得都是一笔笔难能可贵的财富。

很想摘一朵，放回办公室的瓶子里。像小时候那样养她，用心。转念一想，她该是属于大家的，我不便独取。有事没事，我都要抽出时间去那儿看她，我怕她会寂寞。这个五月，多么希望那里能够变成一片片花海，就像我小时候的村庄。

隔着窗，我仿佛能看见风正吹过那朵朵芍药红，吹过我花海样的故乡。

那些过往，都是岁月给的美好

清晨，早早醒。眯上眼，不再能睡得着。下床，拿出尘封很久的相册，贴着窗外的一束光，翻看曾经的过往。从前的这些时光，都是岁月给的美好。看着，心间一阵暖。时间之快，不小心竟把自己弄白了头。想来，内心不觉又添了一丝伤感。

还没准备好，五月就匆匆忙忙地来。打算五一去看看儿子，顺便去看看江南。儿子偏要回，说他想家了。有家可想，是一件多美的事，所以几日里，都激动得不行。儿子走后，这个家似乎有太多的安静。儿子回来，一定又会热热闹闹一阵子。人一辈子就是这样，安静着热闹着交替来。原本喜欢热闹，不知怎么了，这个春天偏喜欢上了安静。许是父亲去世后，想不起来该把热闹放哪儿了。看着儿子小时候的照片，仿佛是童年的自己。真是没有错种，连笑起来眯成一条缝的眼都极像。

大班的时候，带儿子去徐州云龙湖看世界奇观。第一次见到恐龙，他哇哇地哭，直往我怀里钻，可爱可喜极了。在那里，我们去了天安门，去了白宫，去了埃及的金字塔……尽管都是些缩小了的模型，那时就感觉过足了瘾。几年之后，儿子懂事了，还要我带他去看一次世界奇观。等我们去的时候，那些奇观早不在。原先的场地，竟改成了健身会馆。看我很失望，儿子说长大了一定带我去看真的世界奇观。当时心里吃蜜样地高兴，儿子长大了，一晃顶到我的肩膀。

初中时，儿子很捣蛋。一次被我打了，不是一般地打。几个耳光，几脚猛踢，仿佛寒透了心。打过之后，儿子没哭，我哭了半宿。天亮之后，我对儿子说，从此我不再打你了。儿子几天都没有理我，心里仿佛憋着委屈。后来儿子真地变了，不再是以前样的叛逆。高三时，几个校外人和体育老师发生了冲突。他们口出恶语，满嘴里都是侮辱老师的话。儿子站出来，与他们论理。那些人似乎更狂，儿子带领班级学生把那几个人揍了一顿。经过一段时间，才把那件事化解。那次我支持了儿子，因为他维护了老师的尊严。他是班长，有理由该出头的。

大学几年，很少给他太多的生活费。他也没有要，因为我们的确也拿不出太多的钱。瞒着我们，他在大学期间做起了毛绒玩具的生意。放假的时候，还给我和她的妈妈每人买了一身衣服。那天我们感动了，我没哭，妻子哭了。儿子真的长大了，还长得那么好，让我们很是开心，更多的是骄傲。

与儿子在一起的合影，有好几张。

早先，我最高，儿子最矮，然后是妻子。后来，我最高，妻子最矮，然后是儿子。现在，儿子最高，妻子最矮，然后是我。最喜欢看，自己小学毕业时的那张合影。照片虽有几小块脱落，黑白间发着绿，可依然能分辨得清。可能是第一次照相，那时每个人的眼珠子都睁得像鸡蛋似的。现在看来直想笑，笑那时的天真烂漫，笑那时的无知纯粹。初中时那一张合影，我穿着姐姐的军色黄小褂（可能是对雷锋叔叔的敬仰），领口都没来得及翻过来。那时瘦小，站在队伍里，不细心怕是找不到。高中时，没有集体照片。预选后，班级里只剩下六个人，所以早早解散。想来真是可惜，那段时光应该是最紧张而又最值得留恋的。大学时的毕业照，感觉自己已长大。远远看上去，那时的自己，仿佛早有了些许心事。

所有的相遇，都可能是为了久别重逢。毕业了才忽然发现，再也找不到有比学生时代更美好的时光。以致经常在梦中想起，可是再也回不去。

窗外，花都开好了。太多的绿，顺着风声吹过来。总希望时光能慢一些，再慢一些。然而，就是留不住。昨天，还见海棠开得正红。今朝，偏谢了满地是。几个年迈的老人，正在小区的走道里说说笑笑地清扫垃圾。要不了二十年，自己怕也该是这个样子了。看着他们身体依然健朗，自己由衷地羡慕起来。二十年后的这一天，不知自己是不是还能有这个样子？二十年是很快的，差不多一盏茶的功夫。

搬进这个小区来，不小心就走过了十年。十年，快得响箭一般。来的时候，儿子刚刚上初一。现在，大学都已经毕了业。原先这个房子里，一直都是儿子嘻嘻哈哈的声音，还有锅碗瓢盆的交响。儿子离开家之后，这间屋子似乎冷清了许多。房顶，已有了一层层旧。阳台上的花，不知换过了多少季。仿佛只有那棵铁树，还是十年前的最初。

我喜欢收藏日历，没事了，拿过来一本本翻。翻着翻着，有时能翻出泪花来。然后按年代排成一排，望去，仿佛一眼就能看穿十年。十年，仿佛梦一场。喜笑怒骂，都在这轮回里。哪年青春，哪月花开，哪日落雪……抖一抖这薄薄的时光，心里时不时会撞击出美丽的浪花。每一朵浪花，都是时光留下的美好！

这一年，时光太瘦

翻开日历，只剩最后薄薄几页。太多的不舍，只留在一声厚重的叹息里。

这一年，原打算去几个地方，或东南或西北。都说苏杭是天堂，这一生不能不去。都说西北是开心放眼之处，这一生不能不往。什么时候也能来一场，说走就走的旅行？最后还是被时光打败，这一年哪儿都没有去成。

原打算写两本书，一本写给《那些匆匆》，一本写给《最美的遇见》。这一年都快到头了，一切似乎还都没有一点着落。原打算与高中同学聚一次，原打算抽几个日子，什么都不想什么都不做，只去看云听风。到头来，才知所有的原想将是一种空。时间都哪儿去了？就觉匆匆太匆匆。

这一年，姐夫查出了肺癌。有些病，真不敢去查，一查出来便是晚期。医生说，姐夫最多能活三个月。三个月，听后谁都吓一跳。活蹦乱跳的一个人，三个月后说没就没了。好在，他多活了近三个月。姐夫查出病的时候，我只告诉两个外甥女，没敢告诉姐和姐夫，我害怕他们受不了这个沉重的打击。姐真是憨厚，这么大的动静，一个月后还追问我姐夫是不是查出了什么癌。我说姐啊，你那么聪明的一个人，今天偏又糊涂？不是姐糊涂，是姐想瞒着孩子和姐夫。一家人都相互地瞒着，各自找一个地方哭，哭完了再回来，然后佯装着谈天说地。那天，我对姐说，姐夫的日子不多了，好好待他。姐似乎很冷静，泪眼婆娑之后，一句话都不说。其实她心里早已察觉，似乎仍在努力坚强。姐夫似乎早已知，每天看看这个又瞅瞅那一个，强装着笑脸。想不到亲情在这一刻，显得那么庄重，又配合得那么默契。大家以为大家不知，其实大家都已知。

六月，兵荒马乱。姐夫的生命似乎要走到尾声，临走前跟我说，我不想死在六月，天热人忙孩子还要考学校。他想等大家忙完了再走，所以努力忍着剧烈的疼痛，与时间作最后的冲刺。五个多月的生命抗挣，虽比医生预定的时间长出了一半，可最终还是没能跑过癌魔。孩子结束高考的那天晚上，他竟再也没挣脱得出来。我真佩服他，在那样钻心的疼痛里，却一直能笑着面对。

麦子金黄时节，姐夫选择了死亡。那天，我没敢看他，他的模样改变得让人畏惧。两双手肿胀得就像两只拳击手套，脖子和头颅一般粗细，眼眯缝着，似乎不再能看清这个世界。最后见他一面时，我跟他说，别留太多遗憾，因为每个人都会走这条路。他点头，似乎早已懂。我隐瞒了他的病情，直到那一日才敢告诉他。他没有怨，他说早知道，只怕说出来姐不高兴，怕孩子们会伤心。姐夫真有定力，在死亡面前，还能伪装得那么好。父亲年前才去世，姐夫的死我没敢告诉母亲，怕母亲会过度伤心。后来母亲知道了，很生气，她说这么大的事不该瞒着她，也不该瞒着姐和姐夫。生死这件事，谁都逃不过，你得让他们知道。许是知道了，人才会加倍珍惜行将而去的每一个日子。母亲说的也是，我却不知道善意的谎言背后，有时会隐藏着这么揪心的残忍。

姐夫送葬那天，是一年来最热的一天。抬棺材的人，每一个都汗如雨下。他被抬到高山上，需要穿过几片林子，还有一道山谷。我问外甥，怎葬得那么远。外甥说，生病前他就看好了那块地。那确是一块好地，山青水秀，树木葱茏，头枕高山，脚蹬黄河，一眼就把山河看尽。好多人都赞美姐夫有眼光，选中了这块风水宝地。听他们说话，我不知该怎么回答？选择棺椁的时候，姐和孩子们都坚持选最好的棺木。说姐夫这辈子，吃了太多的苦，受了太多的罪。就想，死了以后也让他能走得风风光光。我跟外甥和外甥女说，人死如灯灭，送殡不需要太铺张浪费。人活着的时候，好好珍惜，便比什么都好。死了以后，埋在怎样的土里，选择怎样的地方，又当如何？

事后，我把几个外甥外甥女叫到身边。对他们说，好好孝敬你母亲，她才五十岁，别让她太累太苦了。再多的陪葬和伤心，都抵不过好好珍惜眼前这个人。有母亲在，你们才有家，才有温暖。孩子们很听话，我便放了心。

接下来，本打算能静下心，整理点自己的东西。不想，妻子的娘家嫂子又查出了胰腺癌晚期，也是三个月的光景。可惜的是，她还没能活过三个月。在医院里，最后瘦成人干，油尽灯枯后，与秋天落叶一起远去。值得安慰的是，儿女们都成了家。

这些年，癌症这东西真是吓人，怎么就一查一个准。不是说科技发达了吗？不是说医疗改善了吗？不是说生活都奔小康了吗？为什么有那么多人，没活过五十六十岁就要告别这个人世？一天，看到某某医院，打出庆祝住院病人突破几百万人次的横幅，我有点蒙了。医院的条件好了，医院的收益好了，医生的技术高了，病人应该是越来越少，为何偏偏会越来越多了呢？

这一年，做公务员的表弟打电话跟我说，大棚里的蔬菜不要再吃了，每一株都是抹了生长素的。

这一年，今天报纸说，牛肉不能吃，明天网上说，猪肉不能吃……不是不能吃，都是不能吃。病从口入，大家都知道，可为什么没有人去改变？上天肚子疼，去一个小医院看医生，医生说是吃坏了东西。我说没吃啥，怎么就吃坏东西了呢？医生说得很好听，人吃五谷杂粮，哪有不生病的。也是。我离开的时候，他跟我说，现在几乎没有可吃的东西了，不是添加剂，就是催熟剂，还有防腐剂，让我小心，说不定以后哪天还有可能被干到。然后，指着出出进进的一对对年轻小夫妻说：看，不足三个时辰，就有四对检查出来不能生育……从医院走出来，长长叹一口气，活着是一件多么不容易的事啊！

这一年，将逝去，我的思绪有些儿乱。这一年，虽有不舍，却无法挽留，也不想挽留。

崭新的一年，即将到来，我还得信心百倍。因为，时光太瘦，指缝太宽，我怕一年一年太匆匆。

岁月如青花

不是因为周董的《青花瓷》，才喜欢青花，其实心中早已有。

小时候的青花碗、青花碟、白洋布织染的青花小褂。记忆里，仿佛每一件都有一种干净浅淡着的好。只是那时还小，美与不美，尚不能分得清。许是，喜欢就觉得美，不喜欢就觉得丑。

那时家穷，穷得连吃饭的碗碟似乎都要粗糙。有一种碗，阔而黝黑，大得捧不住。它有一个很不乡村的名字，窑黑子。我在《水浒传》里看过，好像武松就用过那样的碗喝过酒，然后去景阳冈打虎。不止是武松，梁山好汉怕是都用过。大人们都喜欢用，可我不喜欢。不喜欢它的大，它的黑，它的疙疙瘩瘩。每次吃饭，我总要拣绘有青花的白瓷碗。就觉它干净、轻便，捧在手里滑滑的滋润。有几次打碎了碗碟，祖父很生气，责怪我老按青花的白瓷打。后来，白瓷碗被打光，家里只剩下大大小小窑黑子。祖父不肯买，硬逼着我们用那黑黑的粗瓷。后来有好一段日子，不再能见着青花

一天，跟母亲去东庄坐席（吃酒）。家乡有一种风俗，殡丧事上吃完饭，大人们私下里会给孩子们揣一个小黑碗回家，图的是个吉利。我嫌黑碗太黑，便偷偷地跑进厨屋换了一盏青花瓷。回家，被父亲恶打了一顿，然后摔得四分五裂。白事白事（丧事），白偏代表一种不好。那一次，被青花伤得厉害。泪眼里，我看青花仿佛不再是青花。

后来上中学，用了三年洋瓷缸。后来上大学，又用了几年不锈缸。青花，仿佛早已离自己一天天远。再远，心里仍一直惦念，惦念青花那一片片纯真着的美好与洁白。经过瓷器店，有事没事都要跑进去，在堆

积的碗碟间寻找青花。见着，仿佛久违的朋友，一种亲切感扑面来。

大学毕业，一女生送我一个杯子，偏偏是青花。过去那么多年，其它的物件似乎早已忘，惟那朵青花记得深刻。说不出来原因，可能是心里一辈子独有青花。

工作后，置办了好多家什，每一件似乎都与青花有关。就那碗和碟，没有一只不在青花里。

前些年，读方文山的《青花瓷》，心底不知溢出过多少回激动。就感觉，世间第一个能把青花描摹得那么好的人，仅方文山。他仿佛是极用心，又是极用情了的。瓷好，词亦好。每一句，都能写到人的心坎里去。特别是那一句：天青色等烟雨，而我在等你。说得人心里，真真就如同一朵青花瓷。

那词，似乎早把青花刻进江南了。只那字里行间烟雨样的平仄，就无法让人躲得开。江南是好，水做的江南，有一种青花样婉转着的优美。好多人写过青花，我却不敢写。我就觉得青花那样细腻着的湛蓝，不是谁的笔都能涂抹得匀称。那是一种清澈见底的蓝，蓝得纯粹而干净，蓝得让人心玎玎焉又怦怦跳。那是纯白里养着的一种蓝，是用尽心思的，蓝到倾城，仿佛雪小禅银碗里盛的雪。并不像我小时候见过的青花瓷碗，那绝是用情专一了的细腻。最好的青花是元青花，书上说它价值连城。价不价，我不管，我只喜欢它岁月里青白相间的美好。她纯洁典雅，且自然天成。我不懂青花，可就是喜欢，这种喜欢仿佛是早已刻进骨子里的。我总觉得世间最完美的色彩混搭，都不及青白配。

喜欢江南，只因青花。

好多次想去江南，又怕被江南累。江南多美女，更多是美事。站在秦淮河岸，似乎还能闻到那河流淌着的不只是六朝粉黛。还有苏州的山塘街，仿佛还能听到"第一风流之地"从历史繁华里飘来的莺声燕语。许是因为有了这样万千绰约的味道，江南才足以叫江南。青花遗落在江南那一份厚重里，尤其显得孤傲绝尘。

我喜欢站在远里看江南，一汪汪白又一片片绿，真真是白瓷里养着的朵朵青花。

二十年前去过江南，印象已不再深刻。苏州的几个园子，还没来得及看够就早已晕头转向。别的没记住，偏记住了观前街上那一家青花瓷店。见那琳琅满目的系列青花，心一刻都不忍离开。倾其囊，买一件青花仕女白瓷雕塑。那雕塑细腰蛾眉，若雪凝露，手握横笛，着一件青花旗袍。姿态生动，樱唇微翕，感觉能吹出一片烟雨江南来。小心翼翼的捧着那个青花女子，仿佛捧着一座江南。游走在苏州的石板深巷，有一种欣欣然的快慰。沿途好多人看我，我不敢看他们，只能羞涩的低着头看青花。记忆里，那次苏州之行，仿佛只因为那个叫青花的女子。

从乡下搬城里来，不小心把那只青花雕品弄丢了。回去找了好几次，都不见。好多年都弄不明白，那一尊青花样的美丽女子跑到哪里去？如果有机会出差去江南，我定要寻那青花样的一个青瓷来。让我好好回味苏州，回味江南。

一晃，好多年又过去。时间面前，大家都忙着老。老了，回忆就会阵阵来。有事没事，总喜欢翻看那几件收藏很久的青花。看着它们，时不时要想起江南。

江南好，风雨旧曾谙，日出江花红胜火，春来江水绿如蓝……

去江南，那几日一直有雨。坐着花船游走在苏州河里，我真真的读出了"天青色等烟雨"的滋味。江南还在等我，我能看得出来。枫桥在那儿，虎丘也在那儿，只是有些旧。我喜欢这种旧，只因有它们，江南才这般的富有神韵。

妻子很早就想让我给她买一件旗袍，只是没有机会。第一天去山塘街，我一眼就看中了那件仕女青花瓷样的旗袍。我问妻子，你喜欢一件怎样的旗袍？妻子说，只要你喜欢，我就喜欢。那天在苏州，只取了一件青花。每次出游，妻子都要穿上那件青花。穿着它，似乎也真有点江南女子的味道。

写至此，耳畔仿佛又传来周杰伦的《青花瓷》：而你嫣然的一笑如含苞待放/你的美一缕飘散/去到我去不了的地方……

听着那歌，感觉岁月真的如青花。

时光待我们真的不薄

医生告诉她，最多只能活三年。不小心，她竟多活了十年。

前天，几个朋友去看她。她笑着对我说，时光待她真的不薄。我笑了，笑得很勉强。她笑了，却很灿烂。

她是我的初中同学，叫武秀桃。

那时，她一点都不出名，仿佛被遗忘。不只是家贫，更多是骨瘦如柴，青白脸色。毕业以后，都不曾想起。一次回老家，路过原先的老街，有人在叫我。一愣，才确认那个脸孔曾经熟悉。老半天才想起她的名字，她在卖菜。四月八（农历），樱桃黄瓜，那天正逢大集，是我们那儿一年一度的庙会。老同学都要忘，是不是大发了？当时只是尴尬地笑，笑得很无助。慌张里，竟找不出一句安慰她的话。她还是那样瘦弱，可比原来好看多了。她把一包樱桃塞进我的车篮，拗不过，只能收下。从此记住了这个熟悉的名字，武秀桃。

后来，十多年没有见。心里的那一段樱桃情节，始终挥之不去。

她结婚的时候，托人通知我，说要见一见初中时那些老同学。其中，一个是我。那天我去了，可见到的同学并不多。几年没见，没想到她会出落得如此美好。可能是化妆的缘故，我差点没认出来。虽还是清瘦了点，就觉瘦得恰到好处。唇红齿白，模样活脱脱的俊俏。像樱桃一样，水灵灵的可爱了。真是女大十八变，没想到会变得如此好看。一身红，穿出了俗尘里的野味。那天，她是那样的赚足人的眼球。

见我，似乎高兴得不行。没想到你会来，她大老远就招呼。我开玩笑说：就那一包樱桃，我都要来。十二点之前，她就走了。在一阵唢呐声里，坐着四轮拖拉机。颠簸里，她高高地挥着手，仿佛有泪遗落。看着她远嫁，大家似乎只留下些许的冷清。

后来，在一次同学的聚会上得知，她病了。

后来，大家相约去看她几次。

每次见她，我总有一种担心，唯恐哪句话要说错。不知觉里，会伤着她的痛处。每一次见，我总要小心，佯装着活得很快乐的样子。而她，每一次都能坚持着在疼痛里笑着与我们交谈。似乎每一刻她都在告诉我们，活着真好！

每每看她，心里总起伏着不安，似乎觉得每一次见仿佛都是告别。她的爱人说：疼你就哭一会儿，都是老同学，没有什么不好意思的。谁也不曾想起，她会笑着告诉我们，疼其实也是一件美好的事，一种告诉你还继续活着的美好。

听后，我们都要落泪。

毕业以后，每每遇到工作或生活中不顺心的事，总感觉自己是这个世界上活得最不称心的人。见到她之后，才知道什么叫活着。

许是身体不好，她没敢要孩子。她是种地和持家的一把好手，家里家外都拾掇得井井有条。丈夫爱她，他们领养了一个女儿。耕种、卖菜、喂猪，孝敬老人，伺候孩子和丈夫……每件事做得连亲戚邻里都要夸赞。

前天去看她，我特地从老家买了一大包樱桃。她很兴奋，一口气吃了好多颗。这是家乡的樱桃，她激动地说。家乡的樱桃是山土里长出来的，似乎要比别的地方甜得多，也大得多。我点头，告诉她还是在那条老街买的。她笑了，笑得不知所措。

虽然她是一个没有未来的人，可她觉得每一天都是时光对她的恩赐。所以，她要好好活，她认为活着就是一种感恩。因为她有孩子，有丈夫，有父母，有同学，有那么多关爱着她的人……

和她比起来，我们是该好好知足了。起码我们还有一个健硕的身体，还有一大段可以挥霍的时光。我记住了她说给我们的那句话，时光真的对我们不薄。

不小心，鬓已凝霜。时光太瘦，指缝太宽。真的感觉，这辈子有太多的时光是虚度了的。其实，我们每一个人都该好好活，活出自己的精彩来。

感念时光！感念岁月留给我们的一切美好！

少年读书乐

说起喜欢读书，便要感谢祖母。

是她老人家的启发，我才觉得读书有无穷的乐趣。记得那是寒冬腊月的夜晚，祖母在锅屋里烙煎饼，我就坐在柴堆里，读书给祖母听。那时，读的第一本书是《高玉宝》。然后是《封神演义》和《济公传》，后来是《杨家将》和《岳飞传》。开始是祖母一个人听，后来西院大奶奶三奶奶和东院姑奶奶都来听。煤油灯下，每晚都要读到煎饼烙完，大家才舍得走散。

那时读书，许多字不认识。祖母就说见字读半个，顺着音往下走，只要能听懂就好。譬如杨戬，那时就觉是读杨晋；李靖，便误读为李青；呼延灼，便读作呼延勺……怎么顺就怎么来。几个奶奶不识字，也不挑剔，只顾顺着情节去听热闹。她们一边听，一边还要去评论，去回味。那样长的冬天，那样冷的夜晚，似乎并不觉得有多长和多冷。有时，即便不烙煎饼，几位奶奶也来，烤着一堆火，让我读书给她们听。时间长了，似乎成了一种习惯。天不黑，奶奶们都集中到我们家里来。

有一年冬天，《济公传》读完以后，再没有什么书可读。那个冬天，祖母就让我把《封神榜》重读了一遍。即便重来倒去，她们听着似乎还觉得有滋有味。煤油灯下，一堆柴火，几位奶奶，那样的夜晚在书声里，显得极其安静和温暖。实在没有书可读了，祖母就让我读课本上的文章给她们听。《刘文学》、《罗盛教》、《半块银元》，还有《草原英雄小姐妹》……也能让她们听得热血沸腾。

后来，东院大叔不知从哪里弄来一部倒着写的线装书。笔画太多，繁体难认，好多字拿不住，试图想读下去，可是无能为力。那时就觉，书到用时方恨少。拿着那本发黄的老书，一有机会就去找大老爷教读给我听。然后，回家再读给那些奶奶们听。大老爷在灌云教书，一周回来一次。大老爷是我们村子里的秀才。那时祖母，就让我以大老爷为榜样，好好读书，长大后也像大老爷那样，成为吃皇粮的人。祖母整天说，你大老爷就是当年的文曲星，也算是举人，你将来也要成为这样的人，让我们家的祖坟上也冒点青烟。少年时光，有书为伴，有亲人环绕，就觉时光安然，岁月静好。

上初中后，有了晚自习，读书的机会便越来越少。只能在周六的晚上，读一会儿。每到周末，几位奶奶太阳不落都坐在家里等。那时读书，比三四年级时进步不少。错别字仍有，可不像先前一篇文章能读错好几十个。声音似乎也比原先好听，知道了什么时候该高亢，什么时候该沉缓，什么时候该声色俱厉……那时候奶奶们直夸，真是长大了长大了，连书都读得那么好听。那时，书多从同学或老师处借来，每次都要读到半夜三更天。

后来有了刘兰芳，我的书声才渐渐停下来，因为我也喜欢听刘兰芳，就觉人家那才是真正的叫读书，抑扬顿挫，声情并茂，余音绕耳不绝。

后来读了高中，后来很少再读书给那些奶奶们听。

我的作文能写得好，大概也与少时读书有关。

后来我如愿以偿的做了老师，我的第一要著，便是要学生好好读书。我总想，一个学堂，要是没有了读书声，那还叫什么学堂。读书使人充实，读史使人智慧。英国哲学家培根说得多好。现在校园里，很少再能听到琅琅书声了，我也不知道是什么原因？

几十年过去了，一想起年少时的读书乐，心里仍不免翻涌着波澜。

时光是一朵盛开的花

小时候，家族间争斗，早在我心底烙下深深的印。

君子报仇，十年不晚。虽然那是前朝的事，而祖父这句话，偏让我记得深刻。那时就想，有朝一日我非要报仇不可。

长大后，远离了那片土。然而一段段往事，似乎仍积于心。每次回乡，那些不欢而散的过往，时不时还敲击着自己的心扉。三老爷打过我，我曾倔强地跟他说，这辈子我要记住你。一直好多年，都没有搭理他。每一次见他，心里老疙疙瘩瘩的，就好像被一种什么东西堵着。后来很少回，每一次回，他们都笑意盈盈的对我好。看着他们一脸的和善与亲切，渐渐地我不知该从哪儿去恨了。

小弟告诉我，三老爷生病住进了县医院。知道后，我赶忙去看他。躺在病床上，见我去，他甚是激动，一脸的泪花花。看着三老爷不久将离开，心间一阵阵柔软。他那一副凶神恶煞般的样子，还有那一扇门板似的巴掌，让我记住了好多年。见他奄奄一息躺在那，偏又觉得可怜。此刻，曾经的记恨早就没了一点踪影。

恨这东西，在时光里，它真地能化作一片云，或是一缕儿烟。

我的一个远房侄女，被丈夫抛弃后，杀了那个人的心都有。每次遇见，就觉她连骨子里都充满着仇恨。那个时候，真的怕她走不出来，再多的安慰似乎都不再能是雪中送炭。她过得很苦，也很艰难。时间可能最是解药。多年后，在公园遇见她，远远就听到她有朗朗笑声。见我，连忙跑过来，一脸的盈盈笑意。还有恨吗？我打趣着问她。说一点不恨是假话，想想以前，他对我的哪些好，似乎已不再能恨得起来。

感谢时间，感谢时间能淡化太多的爱恨情仇！

时间能淡化过往，然而时间也会让你记住那些过往里的好。时间的长河里，有一种东西永远都忘不得，那便是感恩。

滴水之恩，当以涌泉相报。这句话我也一直记得深刻。欠着人家的，似乎一直都想着要找个时间还。时间越是久，那份感恩的心，似乎就会愈来愈酝酿得深刻。

小学一年级时，家贫。那年冬，特冷。刘老师看我穿得单薄，就从家中拿来一件军绿色大袄。那袄虽有些破旧，可我穿着就觉温暖。都说那年冬天冷，我却没感到有多冷。这件事，这件棉袄，刘老师这个人，一直都收藏在我的心底。上初中的时候，他就调走了。回去寻访多次，都没见。有人说，他回了老家东海，现在差不多也有八十岁了。愿他在那个遥远地方，一直都过得好。

高三时，有一同学叫孙浩。几次聚会，都没去。每次提起他的名字，几乎没有人再想起。我跟大家说，就是那个家里很穷，穷到一年只有一身衣服的孙浩；就是那个每天凌晨四点钟就爬起来，点着一盏煤油灯读书的孙浩；就是那个背着一捆捆稻草，分给大家过冬的孙浩……无论怎样的提醒，大家已然记不得。

我没有忘记他。高三那年，是他给我带来的稻草，让我暖了一冬。是他每天早上五点，准时从教室里跑回宿舍叫醒我。起初，教室里只有他的一盏煤油灯，后来是两盏，再后来是多盏。星星之火，真地可以燎原。那一届高三文理科，能考取十几个大学生，一多半是他的功劳。然而那十几个里，竟没有他。毕业后，大家各奔西东，孙浩从此便没了信息。后来，问了好多人，都不知。天道酬勤，像他这么一个勤奋善良的人，我想老天早早晚晚一定会眷顾于他的。

八五年，祖父得了胃癌。见他痛苦，我的心十二分的不安宁。那一年，我的学习成绩急剧下降。一同学知道后，便从山海关寄来了四瓶药。药寄来的时候，祖父已不在。我第一次经历亲人的离去，好长一段时间走不出来。那段时间，他一直写信安慰和激励我。后来，我走出来了。后来，一直没再有他的消息。他是我初中时的一位同学，他叫张发言，弓长张的张。好多年，我一直在寻找，然而一直没有他的消息。

受人滴水之恩，当以涌泉相报。祖母的话，仍一直萦绕于我的脑际。学会感恩，也是我一生努力要追寻的事。

忘记仇恨，记住爱。活在一片温暖里，你会觉得时光就像一朵朵盛开着的花。

我用青春默读一条河流

地球上你永远都不会找到，一条叫做牛鼻河的河流。

它没有名字，只是因为它长得有点像老牛的鼻子，所以有人就随意给它起了这样一个名字。名字很贱，可我喜欢这样称呼她。就像小时候爷爷奶奶经常叫我们狗蛋、柱子等乳名，读起来亲切，听起来也亲切。

我的青春十年都给了谁？许是，只有牛鼻河会知道。

大学毕业，我就到了那个远离家乡的牛鼻河岸。

那里有我的学堂，有我的小院子。学堂是一座孤城，周围是荒草蔓生的田园。那年我二十多岁，二十岁正是青春旺季。我不能辜负我的青春，我要认认真真地做着一份儿事去。我开始忘我的，沉浸在这一片陌生的荒野里。那时我很单纯，就像牛鼻河岸灿烂盛开的槐花。我的故乡开满槐花，五月能盛开半个山坡。我喜欢牛鼻河，大多是因为那里有五月的槐香。槐香，怀乡啊！我的家乡，虽在不远处，可我却不敢回。

我不知道，我的未来会是一种什么样子。也许，这辈子可能就会老死在那儿。

所以什么都不愿想起，只想好好的面对眼前这一天又一天。清晨起，深夜归。我努力着，近乎拼了命，我不敢停下自己的脚步。既然不能选择命运，但我可以改变自己。我对自己说，好好爱自己，好好爱生活，不能气馁，更不能妥协，只有你好好爱自己，你才能好好爱这个世界。我笑着迎接朝阳，然后又笑着迎接暗夜。大家都说，我单纯得就像一个孩子，乐呵呵的度完每一天。

生活是用来笑的，你不笑又能怎么着？

一晃十年。十年里，我收获了太多的褒奖。有人说，老王，你的证书也得用麻袋装。我笑了笑，似乎很淡定，一种宠辱不惊的淡定。可我不敢相信，在别人眼里，竟然早就成了老王了。

我是老王，那么多的荣誉，似乎未让我有太多的感动。我还是平常一样的，生活在牛鼻河边，还是一样的做着自己的事业。

累了就去牛鼻河，高兴了也去牛鼻河。春天去看槐花，去看青青草。夏天去看水葫芦，去看一河河鱼网。秋天沿着河岸走，看河岸的金黄的稻浪，还有平静的河水。有人说，有事没事总见你去牛鼻河。我说，打小就在河边边长大。一天不见，心里就觉着空。看着她，心里感觉踏实。

故乡的苇河，她看着我长到十八岁，然后看着我离开。离开时，我没哭，父亲和母亲却哭了。要去很远的地方，一直是他们的希望，真的去了，偏要惹出一行行泪来。父母和村人，不知我将来能有多大出息。走那天，送我的人排成队。那时，我成了父母和村庄的骄傲。后来我去了另一个村庄，那个村庄，似乎比我的村庄更显得偏僻和贫穷。我却一直对母亲说，那个地方很好，是一个很不错的地方。十年里，父母没来过一次。不是不想来，是我拒绝他们来。我一直想让他们觉得，我在他乡过得真的很好。

我没有高薪，也没有能力给他们带来什么希望，所以我不想连累他们。没能走出去，我就觉得对不住他们，对不住那一片片山山水水。每一次想家，我都要去牛鼻河。每一次有了心事，我也要去牛鼻河。读她一眼，我的心似乎会安静几日。不想，我竟能生生地默读她十年。

十年里，我把它当成故乡的那条苇河了。站在河岸上，我就觉得能看到故乡。往北走，一直往北走，走了很远才想起回。我想河流的尽头，一定有我的家乡在。即便看不见，我想那一河流动的水，某一天一定会与家门前那条苇河相遇。我期待着它们的相遇，那样的遇见该是一种会怎样融入啊？我想，若见着，它们一定是泪流满面的。

后来，学堂一年年萎缩。许多人，也一年年相继地走。他们大都去了，朝思暮想的城。

每一次去留，都纠结得难受。许是习惯了，似乎不再想折腾。有人说，青春是用来折腾的，而我却没了青春。

两千零一年，我也要走了。一辆大汽车，拉走我十年的家当。当汽车穿过牛鼻河时，我流了一脸的泪。

第二年春，就想回牛鼻河看槐花。那时，正闹非典，我被挡在牛鼻河外。

一晃又是十年。十年的匆忙里，我却一直没有忘记那条安静的牛鼻河。

五月早来，牛鼻河两岸的槐花，一定是白得像雪了吧。

墨　香

　　每一次回家过年，都在匆忙里。匆忙的去来，竟忘了年该是一种怎样的味道？二老爷去了之后，三老爷又去。就感觉十多年没有贴过大红春联，更无鞭炮声。记忆里，那些仿佛是很久以前的事。一个三年，又一个三年的去，年的味道似乎真的有些淡。

　　小时候，最喜欢年来。年要来，能欢喜一个冬天。即便过去了，还止不住的要回头望。留恋那份喜气，留恋那份匆匆不舍的流年。

　　上小学的时候，就喜欢看大老爷写春联。大老爷写，我给他磨墨、牵纸、晾晒。半个村子的人，都排着长长队伍在那儿等，一直能等到大年三十的午饭后。大老爷高兴，我高兴，整个村子都氤氲着浓浓的墨香味。有一年，正上初中，我去找大老爷写春联。大老爷执意让我自己回家写，好多人也一起撺掇。我真的有些臊，快读高中了，还要满村子跟在人家的屁股后边让大老爷写春联。一赌气回家，我开始自己写。原先认为，不就是写几个字吗？可笔拿在手里，才觉得沉重。全家人围拢来，当时我急躁得不行。字大大小小，总让人不放心。从二十九一直写到三十中午，反反复复，复复反反，纸墨糟蹋不少。每一次写，似乎都有所长进。当我把其中写得最好的一副贴上大门时，那一刻别提有多高兴。虽手和脸都蘸满了墨，可心里痛快。后来，二大爷便让我写，我心里真是慌。笔在手里抖，横竖都不在位置。我催二大爷回家，写好后再送去。一遍遍，我的手都有些麻。写完后，选了几副最满意的送给二大爷。二大爷高兴，我也高兴。心里那个七上八下的乐，让整个年关都隆重而回味无穷。第二年，找我写春联的人陆续多起来。不是因为我写得多好，而是因为我的字一笔一划，比大老爷来的周正，容易相认。大老爷看过我写的春联，高兴地对我父亲说，后继有人啊。那些年，在墨写的快乐里，我荡漾着年少轻狂的幸福感。

那时写字多用墨块，长条形的。砚台，多是青石制作。墨在砚台上游走，就像京剧里的旦在跳舞。墨香顺着衣袖扑面来，甜润润，香喷喷的。我喜欢那墨香，滑滑的明亮着。后来，大老爷写不动了，手总抖。大老爷就把笔墨交给我，连他极其珍爱的青龙砚。后来搬家，墨和砚都没舍得扔。

后来，工作了。每一次回，都是匆匆去来。生活节奏快了，没人再想起要写春联。满大街都是现成的印刷品，大小长短，任你取。何况，近些年，村子里多剩下老人，大家都去了远方。好多人，因为工作忙，都不曾回。村子便荒凉，春联更不必贴。整个村庄，你找不到几片红。好多人家，锁了门。没了年，更不用说有什么生气。

说也怪，小时候，很少见过村子里年年有老人去世。就觉着每一天都欢天喜地，每一年都要贴红红的对联。整个年关，锣鼓喧天，让你感觉不到一丝孤单。我最喜欢年来时的样子，村里人欢欢喜喜，热热闹闹地赶场子。玩旱船，打莲花落子，舞龙和彩狮。把这个年弄得沸沸扬扬，把人心弄得沸沸扬扬。记忆里，小时候人忒简单，简单就只剩下快乐。而现在，感觉人有些太沉重，仿佛心里都装满了事儿。生活好了，人却变得孤单了。即便回家，也都躲在自己的小天地里。喝喝酒，打打牌，看看电视，上上网。欢喜着自己的欢喜。

每次回家过年，每次心底总感觉有些失落。巢还在，却不见燕子。老树老屋老人，都在孤单里等。等遥远里，那一声漂泊太久的问候。炊烟，不在。红红的春联，不在。连我小时最喜欢的"出门见喜"、"槽头兴旺"也不在。在的只是，静默着的黑白相间孤单的田园。

从小一块长大的伙伴，几年不见，也生分了许多。即便偶尔遇到，也不再有当年的那份豪迈与洒脱。只是在小心里，寒暄些客套。我真的有些担心，再过些年不知道要到哪里去寻找，年少时的那份真诚与热烈，以及淳朴的民情民风了。

这更让我怀念起小时候的年味来。

今年回家，二大爷说，再写几副对联吧。不然，又有老人要去，三年又见不得红。看着满脸期待、蹒跚老迈的二大爷，我无从拒绝。翻开蛛网密布的旧书柜，拿出许多年前封存起来的笔和砚，心里一阵悸动。好多年没动那劳什子了，好久没有闻到那墨香了。说不出的一种人生况味，溢满心头。拿起那块干硬的墨，和那冰冷的砚台，手和心都抖出一身汗。铺开纸，眼里流淌着欢快的年少。

年味又一次漫卷心口，和墨香一起。

阳光里，每一寸仿佛都弥漫着墨香。那墨香，怕要温暖我一生。

许我一个鸟的天堂

小时候，处处有鸟声，处处有鸟影。

现如今，鸟声远去，鸟影也不再。鸟没了，生机就没了，连坐在墙根底晒太阳的老人，似乎都没了精气神。不是小鸟不来，而是小鸟不敢来。环境不好可以改变，就怕有歹人来了，鸟儿从此再居无定所。没了鸟，似乎也就没了热闹。虽时时霓虹闪烁，处处歌舞升平，可就觉得那是在逢场作戏，不如鸟雀欢天喜地来得真实。

小时候，大雪铺地，随便找一块地，撒些秕谷，小鸟都会来。现在，你撒再多饱满的谷子，它们也不愿意来。雪地里，小时候那种热闹的捕鸟场景，似乎好多年再也见不到。那时候的鸟，胆子真大，你家晒了豆干，晒了腊肉，它们必会来啄食，即便吃饱了也不肯去。你的窗台，你的房檐，你的草垛子上，每一处都有鸟儿的影子。晚上去旷野里，找一片松林，用电灯一照，树下就会扑腾腾有无数鸟儿落下来。搬一张梯子，顺着某个房檐摸下去，也会有不一样的惊喜。那时鸟儿真多，种类也多，多到让你天不亮就想烦，好像睡梦里，都是鸟声鸟语。

春来，每家的房梁上，几乎都有一窝或几窝小燕子在呢喃。麦收时节，布谷唱着：阿公阿婆，割麦插禾……秋去冬来，大雁南飞，一声声划过夜空。田间、地头、芦苇丛里，处处都是莺歌燕舞……

乡下，满地都站着稻草人，小家伙像个哨兵似的。可鸟儿就不怕，时不时还要骑在它们的脖子上拉屎。要是谁家有了樱桃树、山楂树、桑葚树，可要看好了，鸟儿必会去参拜。即便你看得再紧，它们也会瞅着空一起扑向那一串串鲜红，直啄它个满天星光。记得小时候，手里拿着煎饼或玉米棒子，不小心，就会被小鸟啄几口，你一边放声大哭，小鸟儿却边吃边笑。那时，鸟儿离我们很近。你站着，它蹲着，你蹲着，它绕着，偎在你的身边，迟迟不愿走开。你说着话，它们也在唧唧喳喳说着话，人和鸟好像就是分不开的一家子人。同住在一个屋檐下，过着同样的简朴生活，似乎早已相敬如宾。这种鸟人合一的情景，一直点亮着每一个乡村的黎明和夜晚。

好多年，没有再见过这种热热闹闹的场景了。

鸟都哪儿去了？有时真的弄不明白。许是现在的五谷杂粮，掺了太多的假，连鸟儿都怕了。人都吃成那样了，你说鸟儿能不害怕吗？那么多的化肥农药，那么多的激素添加剂，那么弱小的生命，还称得上这些玩意几回回折腾。水是万万不能喝了，你可曾见过有一池清澈。何况人的胃口越来越大，上吃天鹅，下吃蝉虫，中间能吃飞禽走兽，你说它们能不害怕吗？原来是朋友，现在却要变成敌人，不害怕才怪呢？现在，怕是连相互打个招呼都不愿意，许是它们已经伤透了心。不来，许是因为要躲，躲得离人类越远越好。

来城里十多年，很少能见着几只鸟儿。时间久了，连从前那些鸟儿的名字都要忘得干净。想它们的时候，只能到广场去，看那些可怜的鸟儿在笼子里翻飞。要么去路边野饭店里，观赏一桌桌鸟体盛宴。上一回买了几十斤豆腐在阳台晒，妻子还老担心，怕早晚会让小鸟啄了去。我说，尽管放心，这么多年，你可曾见过有鸟来。果然是，豆干都晒好了一个多月，竟没见有一只鸟来光顾。前几日身体不适，坐在窗前闷得不行，瞅着外面灰蒙蒙的天空，便一心劲地想起从前的那些鸟儿们。许是人孤单了，才想起要一种热闹。抓一把米，放在窗台边，单等鸟来。米粒都发了黄，却不见鸟的踪迹。亏得邻居家养了两只鹦鹉，在远处叽咕叽咕地叫。不然，这段时日，我能活活被闷死。这么大的一个院落，大家去去来来，仿佛只剩下了匆忙。

回老家，也不见了原先的燕子。几只麻雀还在，似乎也生分了许多。见我们不看也不叫，只低着头啄洗着自己的羽毛。过去村前村后，到处能看到喜鹊窝，现在即便你目眦尽裂，也很难发现得到。近些年，故乡有些呆板，更多是肃穆。大家都走散了，似乎连鸟儿都不愿再留守。每一次回，每一次都要想起儿时的乡村，想起那些雀噪鸟鸣的黄昏和早晨，田野和山峦。现在，这些美好的想象只能在回忆里。

去郊外花径散步，只见花草，不见鸟影。偶尔听得叽歪一声，顺着声音去追，再也寻不见。鸟声远去，留给我太多的遐想。谁能许我一个鸟的天堂，让我重回到以前那份热热闹闹去。

第五辑

心如莲花静静开

一路上，就觉已有了秋天的味道。秋风过处，仍有一股股小梁湖飘来的荷香。到家的时候，已是万家灯火。这一夜，我的心一如莲花静静开。

坐看一片云窗

办公室朝东，窗向西。工作之余，我就喜欢这样坐着，看窗外。

窗外，没有太多的风景可以看。只一座池塘，一片苇丛，几只野鸭，几树杨柳。坐下来，我看不到它们。我只能看到一片云窗。时间长了，感觉总能把那片云窗看出一节节美好来。窗外很遥远，是我想要的那种遥远。隔着那片薄薄的玻璃幕墙，我能看到风，也能看到雨，更多的时候能看到蓝蓝一片云天。傍晚的时候，我还能时常看到夕阳，还有夕阳里的晚霞。

很喜欢一副对联：宠辱不惊看庭前花开花落，去留无意望天上云卷云舒。谁把这样的句子写得那么好，让人读着一时想不起来尘世里的忧伤。我总喜欢将"庭"想像为"亭"，因为办公室的楼前确有一个亭子和一园子花草。四季轮回里，那些花花草草枯荣有数。看着它们一天天长大，一天天开花，一天天结果……心里有时也像开了花。时间就这样一天天过来，又一年年过去，不紧不慢，不多不少。有人说校园是一个尘世外的桃源，果真是。原先总觉得自己无用，两眼黑黑，不解天地风情。找人办点事，都不知往哪个方向去，该奔进哪个门。别人想不起来你，便是自然的事，因为你在尘世外。年轻的时候，看到霓虹深处人影憧憧，看到官场壮观前呼后应，有时不免要心潮澎湃，絮翻澜涌。现在，许是习惯了，觉得这篇篇安静就是好。和那么多孩子们在一起，和这些花花草草在一起。人虽是老了许多，而心态依然年轻。就连沉浸在时光里的过往，似乎也都显得清澈澄明。有人说，"宠辱不惊，去留无意"是人生向往的一种最高境界。我真真是信的。

朋友很多，官场的却稀少。因为我们不善被用，要好的几个也似乎随着时光渐走渐远。上一次去徐州，遇到一高中同学，现在是市某处处长。见我极是热情，总埋怨我为什么有困难不去找他。当时，我感动得几乎要落泪。我是一个从来都不想麻烦别人的人。感觉欠了人的一份情，不知什么时候才能报答得完。何况，我这一辈子也没多少东西能为人所用。所以私下里，我就一直要求自己努力再努力。一次考试进城，成绩很是出色，按理应该分在一个条件和福利都比较好的城中心学校。后来，偏偏去了大家都不愿去的城郊。有人提醒我，何不提前去找管人事的老同学帮帮忙。那日，改穿一身新衣服，提几瓶老窖，去找多年不见的老同学。见之，欢喜一场。死活人家不收，说事一定会照办。后来，就不了了之。朋友分析说，那点钱你打发要饭子啊。也是，要是这样就能办成事的话，世间事没有不好办的了。仔细一想，人家做得也对。如果大家都如我这般，天下岂不要大乱。

好几次要搬迁办公室，我都没同意。我要的不多，我只要一片云窗。

工作之余，泡一杯茶，翻一卷书，遥看天上云卷云舒，可谓逍遥自在极了。时常有学生来，问问题，谈谈心，这一天就过去了。感觉这样的日子，很坦然，也极其率真。然后，面对一窗月光，或一天星星。想点自己的心事，或把它揉成墨香。然后微笑着睡着，等第二天一样或不一样的黎明。谁说尘世那么难熬，我看不是。难熬，是因为我们要得太多。当你什么都要得不多的时候，时光就会欢欣地游走，且走得极快。如果把时光比作大海，人的一生就好比大海里的一滴水。这一天天黑白轮回，最多不过是万千水滴中的一丢丢。

最喜蓝蓝一片云窗，像一片湖水。把心投放在里面，心越干净，就越感到无比的惬意。偶有鸟雀飞过窗外，声音扑哧哧悦耳。有时，真真地想把自己当做鸟雀了。让思想在天空里，恣意飞翔。若是真的累了，就打开窗，看看池塘，看看苇丛，看看野鸭，看看杨柳……直到什么都看不见为止。我喜欢思绪这样干净地飘飞，因为思绪澄明，天空就会澄明。有时把自己撰写的一篇篇所谓的美文，朝着窗外朗读。声音穿过千山万水，跑到遥远的天边去。读着读着，仿佛能读出一脸泪花来，或读出一朵朵笑声来。那是最忘我的时候，直到夜色苍茫。

　　有时若遇到烦心事，我就看窗外。一个人的窗外，是一片蓝蓝的安静。看着看着，心便一点点渐入平静祥和。在窗边，依着风，我读徐志摩，读三毛，读村上春树，读梭罗的《瓦尔登湖》，读海明威的《乞力马扎罗山上的雪》。眺望，一路向西。我仿佛能看到布达拉宫虔诚者的长跪，能听到朝拜者转动经筒的声音，能闻到格桑花满山的清香。我渴望到西藏去，去圣山上看不落的太阳，还有雪色一样澄明的天空。想象如此美好，在想象里我时常忘记自己。若有雨来，我就靠近窗，聆听雨点敲打窗台的声音，遥看雨滴一朵朵花开的样子。冷雨敲窗，其实也是一件很美的事。有时觉得寂寞了，就把头伸到窗外去，让雨水劈头来，算是有个了结。人生中，必定不是每一天都风调雨顺。过去就过去了，剩下来的每一天可能都会是阳光倾城。

　　有窗真好，使劲北望就能看到我的家乡。虽然很遥远，可我知道她就在那。有事没事，我能隔着云彩，看到田园里正在忙碌收种的父亲母亲，还有兄弟姐妹。这辈子我是不能让它们沾上什么光了，如果有下辈子，我定当加倍努力，让他们过得好一些，更好一些。

　　今儿个天特别好，蓝得跟水洗一样。有飞机窗外过，留下一片云烟。一路向西，莫非要往西藏去……

今晚，想借一朵月光入梦

一直认为，到了九月，才真正是入了秋。

而今年，秋偏来得早，开学不几日，便到了中秋节。中秋一来，就觉这一年又过去了大半。不知是怎么了，就感觉近些年，日子走的特别快，快得让自己有些儿慌张。若按一个人活到八十岁来计算，融在四季里，二十年前是春，二十年后为夏，不小心我们就这样的到秋了。一直以为自己心理还像个孩子，脚步还停在春天，不曾想岁月忽已老。二十年后，是什么一种样子，真的不敢往下想。难怪古人悲起秋来，有时能悲得落花流水。

妻子说，这几年你老多了。我还不相信。对着镜子，才觉自己真的老了。头发都有了一丝丝儿白，皱纹也爬了满脸。原以为过了四十还是朵花似的，不曾想竟是一朵蔫巴巴的秋花了。

儿子跟在我的身后，原先是屁颠屁颠的，现在要高过我一头。原先是我牵着他的小手，走在放学路上的。现在，每过一道沟坎，时不时他还要搀着我的腰。我一直倔强地认为，我还是当年那个刚强的小子。儿子见我不服气，硬让我做几个俯卧撑给他看。果真是老了，不服不行。难怪好多人都说，是孩子把我们搂老了，说的真是。

一直以为岁月是美好的，可它不该让我们老得那么快。岁月如沙，我是信了。

同学小孩结婚，邀我去。初见面，大家都说我还是原来那个样子，一点没见老。这是大家宽慰我，怎能会不见老呢？十多年不见，甚或三十几年不见，不老才怪呢？老是老了，见着依然能相互想起最初的模样。

想起来，心里欢喜得不行。酒桌上，聊起班级里曾经的那些同学，有几个早不在尘世。大家只顾喝闷酒，然后是沉默，然后是一阵阵唏嘘感叹。尘世那么好，怎么说走就走了呢？好多人不明白，其实我也不明白。活着的时候，没机会见。走了，连声招呼都不打。时间都哪儿去了？见一回，偏要相隔这样远。

去年这会儿，还和朋友一起站在文德桥上看月圆的。一晃，一年不知觉地就过去了。仿佛是昨天的事，只在眼前。那晚的秦淮河，人多了去。挤在人海里，大家勾着头齐望着那一轮月。明月当空，银光泻天，人影憧憧，比肩接踵。那样的热闹，我还是第一次见。一朋友说，这样好的月圆，这样好的热闹，不知还能够看多少年？我使劲地捶了那朋友一下，好端端地，怎学起古人悲起秋来了。不想，那位朋友选了最美的三月出了家。那夜，没睡得安稳。看着窗外那团皎洁，一口气写下了《桨声灯影里的秦淮明月》。

一年中有十二次这样的明月要圆，大家偏偏喜欢中秋这一个。中秋这一次算是最最响亮的，她倒能勾着人的心。对着这轮明月，不知有多少人在思乡怀人，在倾诉着衷肠。月是大家的，心事是自己的。今夜月明人尽望，不知秋思落谁家？

小时候，心里有一盏明月，多是因为月饼。那样的年代是馋了，只有在这样的大节气里，才可以美滋滋的解解馋的。现在生活好了，没觉得有多馋，就想一大家子在一起和和乐乐、热热闹闹。每个人都在忙，哪有时间停得下来热闹啊！

儿子工作在江南，母亲留守在老家，妻子这会儿正往江南赶，我一个人独守着另一座城。相隔着一条银河样的距离，共奉着一轮皎洁的圆月。我想时空是平行的，心是相通的。正如张九龄所说的：海上生明月，天涯共此时。

今晚，一个人的夜，真想借一朵月光入梦。

那是生命唱给秋天的歌

整个下午我都闭目坐着，只剩安静。此刻，我真有点喜欢这样的安静了。

我没敢写字，秋已纵深，我怕文字穿过秋天，会惊扰到仅有的几片叶子。落叶是美的，有一种飘逸的美，可我不想让它急着落下来。仿佛落下来，秋天就要结束了似的，所以我不喜欢秋风。

前几日，风来雨也来，直把落叶伤得惨重。风雨裹挟着落叶，一直往下坠，是成团成团的往下坠。那时看它们，似乎觉得满地都是疼痛。无论怎样落下，也不该以这样的姿势。正如一个人的尾声，走就走了，为何偏要在疼痛中了此一生。死当是一件逃不开的事，但也不必死得那样难看吧。用这样的姿势来告别，是不是有些太过于残忍了呢？

我喜欢秋叶在阳光里，安安静静地一点点落着，是那种自然而然地飘落。这种飘落不是风的错，也不是树的不挽留，那是生命唱给秋天最后的歌谣。在秋风里翩翩地起着舞，就像蝴蝶，又像飞天。权当它是音符了，是落叶留给秋天最美的音符。这样优雅着的飘逸，是秋天里多唯美的飘逸啊。我喜欢阳光里这种优美的姿势，它们似乎是认真着的。连最后的飘落，都是那么认认真真的，可想这是怎样的一份诗意美。生如夏花之灿烂，死于秋叶之静美。说的也许就是它们，我热爱它们。

一直喜欢叶子，以这样的姿势告别秋天。我只喜欢静静地看着，从不敢写。那么多人去写，这么好的意境，我怕是写不过他们。我已在心里喜欢了，我对那些落叶说。

小时候喜欢落叶，是喜欢它的暖。那时候，家乡多柳、多槐、多榆、多椿、多楝，很少有今天的这般色彩斑斓。那些树的叶子细小如眉，漫天飞舞着若飘雪。记忆里，那是秋天里我见过的最美的飘落，几乎是铺天盖地了。叶子落在麦田里，落在小河边，就像一床床厚厚实实的被子。看着，就觉暖。放学后，挎着篮子，大家争着抢着去捡拾。用手去抓，一抓一大把，抱在怀里，欣喜如狂。有时候捡拾完了，还不过瘾，就坐在树下痴痴地等，等风来吹下那片片叶子。看着它们不情愿落下来，有时还要大声地呼喊着它们的名字。那些叶子似乎是有意的，停在枝头摇头晃脑逗我们玩。看它们老不下来，时不时还急着要用棍棒去敲打。叶子被生生地击打下来，在半空中旋成圈圈涟漪。是不舍，还是不忍？不知道，就觉好看。看着它们旋起的优美舞姿，心里立时涌出股股感激之情来。捡拾，捡拾，直到满载而归，我们才唱着歌回家去。

现在，叶子落与不落，似乎早已不太重要。大家关注的，更多是那些长得好看的叶子，譬如红枫，譬如银杏，譬如梧桐……那片片红与黄交织着的美，似乎才是人们最想要的惊艳。现在人喜欢落叶，大多是喜欢它的色了，很少有人再顾及到它是什么样的一种材质，只要好看，便是要倾了心的。对于那些榆槐楝柳普通的叶子，早都不再记挂里。即便曾经有过青梅竹马般的好，有时也难免被忘得干净，就像一些人的爱情。

这个午后真地很安静，没有一丝儿风。莫非，是我的心太静了。心静了，世界就静了。

平日里匆匆地奔忙着，可曾有一日这样的安静过。那时就觉每个日子都嘈杂，每个日子都忙乱，更多是停不下来。偶尔敲一两行文字，便有人敲门，便有电话不断地打进来。出去转一圈回来，原先的思绪早已断。于是便重新寻找，再怎么用心，仿佛都不再是原来的那些文字了。文字丢了，还可以找回来，要是秋天丢了，怕是还要等到下一个轮回。所以这个秋的最后几日，我还是不想就轻易放过的。

有叶子飘下来，我就有想抒发的冲动。然而我不能落笔……

医生对我说，别再开电脑了，也别再熬夜了，就闭着眼，什么都别想。否则，你的眼睛会越来越疼得厉害。闭着眼可以，什么都不想怕是做不到。我是一个生命体，只要活着一天，这一日便是要思想的。就像那些叶子们，它活着一天，就要负责一天这个季节的美丽。对着一扇窗，我努力地什么都不再去想，只闭着眼，连门和手机都要关得紧紧的。外边有吵闹声，不管，外边有敲门声，也不管，我就这样留一会时间给自己。这一刻真好，好过匆匆忙忙的任何一个细节，因为我是自己的了。

本打算什么都不想，可就是停不下来。我想到秋天了，想到窗外还有叶子在徐徐地落下来。我想到小时候了，小时候我剪着锅铲头，追着落叶跑，跑在秋风里，跑在麦田里。一边跑，一边唱着歌，就觉着风是暖的，落叶也是暖的。那样一份简单，要多纯粹就有多纯粹，现在这种简单似乎没有了。原以为长大是一种好，等长大了，才觉得年少时好。匆忙间忽然就老了，老了才觉得年轻时好。人真是贱，失去了才觉得那时珍贵，然而已经回不去。

想着想着，我不愿再闭着眼了。我想让我的文字再一次穿过秋天，穿过那些落叶。外边早已起风，冬天在一点点逼近，我似乎听到落叶的声音了。如果没有落叶，秋天就不美了，我不想错过秋天这最后的美。

有句诗写得好，落红不是无情物，化作春泥更护花！落叶何尝不是如此。看到这样的句子，我不再悲秋了。落叶也是一种美啊，那是生命唱给秋天最后的歌谣。

睁开眼，夕阳照过来，落叶正在窗外，用最美的姿势飘给我，飘给冬天的土地。

感谢遇见

人生，不过是一场短暂的停留。在这短暂里，难得遇见。

遇见，当是这尘世间最美的一份拥有，它是那样的弥足珍贵。因为遇见了行云，遇见了流水，遇见了风花雪月，所以人才觉得并不孤单。一个转身的距离，谁会想到在这恍如隔世的一瞬，偏偏能遇见。许，这便是一种缘。其实见与不见，大家都各安天涯。谁曾想，万千里偏偏要遇见你一个。只这一个，不能不说是上天赐予的最好的恩念。即便是一场烟火的表演，等繁花落尽，只留一地苍凉。就那瞬间的绽放和一地的怀想，你能说这不是一次美丽的邂逅？

从未想过有前世，也未曾想过有来生。未知里，我们可能只是一片落叶，也可能只是一瓣莲花，更可能只是一粒微尘。这一切，都不再重要。若干年后，不知你是不是还在忘川。那时，三生石上怕是早就没了自己的名姓。也许，那一段烟花样的流年，只能间或闪烁在别人的记忆里。就像张爱玲，就像三毛，就像张国荣和梅艳芳……多年以后，还能这样的被记得，这不能不说是张爱玲和三毛的幸，也是张国荣和梅艳芳的幸。然而，他们又何尝能知晓。是他们文字的暖，歌声的嘹亮，以及真情的付出，才这般地让人怜爱。我们必定多来自尘埃，若是前世里从来不被遇见，来世又如何能被想起？

这世间，花开花落，雨去风来。能被遇见，不能不说是一种缘份。花遇见了春天，这是春天的幸，也是花的幸。每一片叶子，每一朵花都有自己绽放的理由。再好的年华里，她又能遇见几个春天。遇见，真的便是幸运。春天里，阳光用一种暖，抚慰着季节。在这份暖里，花各自笑着灿烂。芳香馥郁的春天里，怎那么巧会遇见一朵，是你的刻骨铭心。所以我们要好好谢谢春天，谢谢春天给予我们的那份美好的遇见。

雪遇见了冬天，那是雪的福气，也是冬天的福气。四季的轮回里，这一份冰雪样的聪颖，未必不是一种暖。雪不遇见冬天，怎会这样的素袄妖娆，天地纯洁。没了冬天，雪妖娆给谁看？冬天如果真的不遇见雪，那又该是一种怎样的遗憾和苍凉。曾经读过一篇《今年冬天没有雪》的文章，说的是一个患了白血病即将离世的小女儿，她花开的那个地方从没下过雪，她也从未见过雪。临走的那天晚上，当父亲问她还有什么遗憾时，她清癯的脸上露出一丝决绝的微笑，我想去看一场雪。为了这个凄美的遇见，父亲怀抱着女儿一路颠簸着去北方看雪。那晚，正是大年三十。然而，那年冬天没有雪。烟火声里，这是怎样的一场遇见。

假如陆游没遇见唐婉，假如三毛没遇见荷西，假如张爱玲没遇见胡兰成……我不知道还有多少份爱情的美好让人想起。即便张爱玲不再爱了胡兰成，那一份曾经的遇见又几时才能够停歇。梦醒来，我身在忘川，立在属于我的那块三生石旁，三生石上只有爱玲的名字，可是我看不到爱玲你在哪儿，原是今生今世已惘然，山河岁月空惆怅，而我，终将是要等着你的。

读来，早已让人情不能自已了。

然而，偏偏就遇见了。恰如蜜蜂遇见了花朵，小草遇见了朝露。那份欣喜，该是一份怎样的美好。遇见了栀子，你说栀子的纯洁与柔白，便是你一生要想念的。遇见了丁香，你说堆满花香的那一条雨巷，已不再是戴望舒的忧伤。你遇见了蝴蝶，还遇见了豆娘。你遇见了芦苇，也遇见了菖蒲。看见了尘埃里，那一朵朵美丽的盛开。你便觉得这一枝一叶的遇见，都是一种可遇而不可求的缘份。

最初你遇见了父母，你就用一种懵懂的目光读它，直读到心间股股温热。那时，你是父母最美的遇见。焦躁里他们等你长大，盼你成才，抚摸你穿越风雨的姿态。他们高兴着担心，担心着快乐。因为遇见，这一辈子注定都要将你的喜怒哀乐，盛放在自己最柔软的内心。遇见，是一种等待。遇见，更是一种牵挂。忽然间，他们都老了。岁月面前，你多想再要一个轮回。然而，轮回却不再。你开始感念这份难以割舍的遇见。你害怕某一天，这种遇见会消失，消失得再也让你无法遇见。

一天天长大，一天天仍要遇见。遇见花开，遇见草绿，遇见风骤，遇见雪冷……遇见你要遇见的人。然后在一份相互牵念的遇见里，去品尝一份聚散离合般的幸福。不求轮回，亦不求天长地久。只愿在相知相识里，留一片温暖，一声问候，一句激励，一份思念……

遇见，是美丽的。就像风遇见了雨，云遇见了日，高山遇见流水……不论是邂逅，还是刻意，都值得珍惜和敬重。人生太短，哪会有那么多的遇见摊上你。所以，我们遇见幸福的时候，要珍惜；遇见苦难的时候，要坚强；遇见挫折的时候，要面对；遇见你遇见对的那个人时，要用一份真心去待她。

感谢遇见，感谢那些曾经给予我们的那一份美好。感谢从我们身边走过的每一个人，每一处风景，每一次过往……只因有了它们，我们才觉得俗世温暖，岁月静好。

在生的寂寞里思考

读完陆幼青的《死亡日记》，好几天心里空荡荡的。

一天，我问自己：一个人的生命究竟能走多久？这之前，我从未想过死这东西。这些天，一想起来，有时竟没完没了。躺在床上，看着纯洁如自己的天花板，摸摸心肺，摸摸肝胆，再摸摸脾肾。怕生命会真的不知哪一天像陆幼青那样要走。

周末几个老同学晚聚，酒足饭饱之余不免要慨叹一会人生。一同学坐在阴暗里沉沉不语，仿佛有好多心事，认真地泡着茶，一口一口慢慢地品。那个貌若天仙样的米粒，你们还曾想得起来？是不是五年级的时候你就想追的那个小妖精。什么妖精？都烂成泥巴了。朋友的话，说得人心里麻沙沙地冷。那么好的一个女孩也会没？听过之后，再无一人语。大家眼直直地盯着他手中的紫砂茶壶，仿佛那个铃铛一样的江南老瓷瞬间就要碎去。

小时候，不知道什么叫死。村子里一有这样的事，就围着去看热闹。开始感觉特稀奇，一个人前两天还有说有笑的，不知什么原因在一片哭声里被生生的装进一个大盒子，然后抬着埋下土。从此，那个人便不再看到。问大人他们去了哪儿？大人只说被阎王爷带去了天堂。阎王爷是谁不知道，那时就想肯定是一个怪大的官。天堂在哪不知道，想必是怪好的一个地方。看到那欢欢闹闹的一场，心里真的没有底。就像小时候自己不知从哪里来一样，大人总是嬉笑着哄我们，说是在集市上捡来的。说过便笑过，并不去深究，从哪里来又到哪里去，那时从不把它当作问题去思考。后来被埋进黄土里的人，没见有一个人再回来，才觉得不是那么回事。再后来，从书里得知，那叫死亡，从此一去不复返的死亡。无知者无畏，什么都一清二楚的时候反倒觉得害怕。

打小就听说，人死后能托生。好人将托成大户人家的孩子，坏人就要变成猪狗。如果太坏的，就要打入十八层地狱，将永世不得超生。开始觉得好玩，也觉得好笑，能托个猫狗也不错。后来才知道，那是一种妄想。这也许就是人们经常说的，善有善报，恶有恶报吧。用佛的话说，这叫轮回。我觉得佛这句话说得有道理，因果自有报应。不然的话，那么些坏蛋会越来越没有王法了。

小时候，还听祖母讲起这样一个故事。从前有一个人家贫，却行了一辈子好事。一天他死了，阎王爷就将他托生到一个大户人家去享福。十一二岁光景，他却每日里郁郁寡欢。家人看少爷仿佛有心事，便询问缘由。少爷说，前世还有心愿未了。家人吓了一跳，他便说出了详情。他说，自己还有个家，在一个遥远的地方，家中还有妻子和儿女。他们过得不太好，他恳求父母能给些银两去资助他们。况且因为死的匆忙，还有些话没来得及交待清楚。全家人听后，惊恐万分，但又不能不信。因为，少爷说得活灵活现。后来，老爷派了家丁备足钱物，和少爷一起去寻找少爷的前世。不长时间，少爷回到了十年前的家。站在远处，少爷已经泣不成声。因为面前，每一寸记忆都是那样清晰，每一寸土地都是那样熟悉。这也许就是老人所说的，人要是行一辈子好，过奈何桥的时候就不会喝迷糊汤。赶去敲门，一老太太蹒跚而来。这是少爷结发的妻，他一下子趴在老人的怀中，泪人一样的哭个不停。老太太深感惊讶，哪来这样的屁孩竟认错了人。儿子出来，已是胡须满腮。少爷说出实情，一家人都不敢相信。而老婆子却能看出面前的少爷，与年少时候的他倒有几分相像，然而不敢认。少爷说，我只回来看看，不想打搅你们。当初走得急，收在墙囤里还有些以防不测用的一包碎银没来得及交给你们。另外我已托生在了大户人家，他们对我很好。知道家里生活那样艰苦，特来给你们周济一些。儿子赶忙去那墙囤里翻看，果真有一包碎银子。便扑通下跪，满眼花泪。饭毕，少爷怕老爷担心便匆匆赶了回去。全家人依依不舍的，目送到村口。

当年听祖母讲这故事的时候，神神叨叨的让人听了心里不舒服。不管怎样，听着还觉得有趣。

有一件事，现在想来，还觉得毛骨悚然，其实，那不是我的错。一天晚上很黑，和邻家几个伙伴玩猫捉老鼠游戏。当时，我躲进二老爷家的东屋，挤在一个木板夹缝中间，约莫六七分钟，不见有人来找。便呼当呼当的拍打着板门。意在告诉别人，我在这，快来找。二奶奶闻声急忙地跑过来，声嘶力竭地大骂，我被吓得好几天都惊惊厥厥的。后来才知道，那板门是二老爷的棺椁。只要夜间那棺椁发出声响，不久那个人就要去。一年没到头，二老爷果真去世了，二老爷一家人都很生气。用他们的话说，二老爷的命怕是那夜我给敲走的。就是现在，想起三十年前二老爷那事，心里还七上八下的过不去。

有些事，现在说来，感觉特别的好笑。仔细一琢磨，那些故事还真有几分鼓舞人心。不是好多人都希望着有来世吗？如果有来世，我会怎么怎么样。要是真有来世，你又能怎么怎么样？这一世，就没见你活得多山清水秀，来世又能如何？还是好好的珍惜当下吧，好好的珍惜你身边的人，好好地做好你身边的事，把该爱的爱了，把该恨的也爱了。生途冗长，生命无常。我们没有理由不去好好地活。其实生命是很有意思的，伴着四季轮回，听风来雨去，看花开花落。那分分秒秒的快乐与伤悲，爱恨与情仇。按理说，那些都是生命给予我们的一份份馈赠。这辈子，能爱的爱了，能恨的也恨了，还有什么贪心不足。人心啊，真是有些大，容天容地却容不下自己。有多少人还在一个劲的埋怨自己得到的还不够，享有的还不多。如果和那些不如我们的人相比，和那些还在死亡线上挣扎的人相比，我们何尝不是一种天大的幸福。真的要好好感谢海伦，她竟写了一篇连男人都要流泪的文章《假如给我三天光明》。用春晚小品《不差钱》中小沈阳和赵本山的话说：眼一闭一睁，一天就过去了；眼一闭不睁，一辈子就过去了。万丈高楼，你只需一席之地；金山银库，你只需一日三餐。如果有一天你撒手而去，回头看看这曾经让自己争斗一生困惑一生追逐一生的时光时。也许你会幡然大悟：哥哥，休矣！

活，该快乐！既然生命无常，每个日子都应该认认真真地过，给自己一些安慰，给生命一些亮色，给后人一些感念，给身边的人一些疼爱。就像朋友说的那样，每一杯茶都应认认真真地泡，然后一口一口的慢慢地品。横下一条心，不妨活他个明月清风。

去春天里寻找最初的感动

春来了，似乎来自江南。

昨晚，儿子打电话来，问我家乡可暖了？我说，暖，树都有了自己的芽，草也是。儿子好像很高兴，他告诉我江南那儿早已是花开满天了，春天正往我们这儿赶。想想小时候的儿子，是那样的不听话。那时总担心，长大了不知会成什么样子？没成想，儿子长得那么好，又这么孝顺。算是安慰了，因为儿子长成了一棵树。

清晨起，推开窗。阳光扑闪扑闪来，仔细看，河沿儿的柳真真的一片鹅黄了。迎春花也开得满满的，且铺了一地。地上有芽，是草的芽，正破着土。昨天还没觉得，今儿个早上就春意盎然了。亏得儿子告诉我，春天正往这儿赶。否则，我还疑心春天今年又要来迟了。

城里的春天，看不清晰，乡下一定是反了天的。我喜欢春天到来时的最初模样，一切都在新里，是那种从头到脚从里到外的新，不含旧意。尽管城里还有些行道树和女贞子四季常青，但有太多的旧。上边落了很多灰尘，那些灰尘似乎已渗入到了叶的骨髓，是那种黑咕隆咚的青，像死人的脸，好多你早已看不清脉络。有，当然比没有好。有了这一堆堆油腻腻的青，你还能觉得城还算是有点活力的。否则，你会郁闷死。

坐在水泥浇筑的城墙里，我总是想起乡下。想起乡下，儿时初长成时的那份美好。天蓝蓝，草青青，仿佛水洗过似的。塘里的水，是文字不再能恰当地形容出来的。清、甜、润、爽，是极其透明了的。仿佛，一眼就能看到底，能看到匍匐在水底的游鱼和蝌蚪。在湖里割草，渴了就咕咕地饮一通河塘里的水。饮得每一个毛孔，似乎都充满着欢快。青草遍地是，鲜嫩嫩的，每一棵都能熟悉地喊出她的名字。仿佛是青梅竹马，有着两小无猜的情意绵绵。现在是叫不出来了。

上个周末，去广场散步，有一群草睡在河沿边。看着面熟，却不再能叫出她的名字。真是该死，那么熟悉的一束美好竟挤尽脑汁怎么都想不起来。最喜芦芽初长时模样，尖尖的，鲜鲜的，一起争着抢着从土里钻出来。那样子可爱极了，就像我们小时候，削尖脑袋到田野里去寻觅着太多的无知。芽儿虽然有些短，看着它们那份干净活泼着的生长，心里有一种说不出来的喜悦和兴奋。土质松软，就像面包，每一抔都散发着股股泥土的芳香。那时，喜欢躺在泥土里，就觉她干净、温暖、舒爽。我们是土里长出的孩子，我们比任何人都喜欢土，土是我们小时最钟情的伙伴，是我们的根基。小时的空气，比现在要清新得多。每呼吸一口，都觉得浑身上下通透明了。

最初的我们，也极像这含着苞的芽。单纯、干净、清澈、透明，就像一块天然的水晶似的。泡在麦苗青青的田野间，追逐着梦一样的童年。无忧无虑，无牵无挂，无私无畏，无欲无求，简单到只剩下明月清风。油菜花开了，开了一河坪儿，开得人心花怒放。还有豆瓣菜、麻雀屎，蓝莹莹、淡紫紫的花瓣儿开得像星星，铺满一河堤。柳树的叶子，嫩得似乎能掐出水来。吹在河岸，像邻家女孩辫梢上的蝴蝶。

人一旦老了，怕是再也回不去。那份最初的感动，只能收藏在记忆里。可惜的是，时光里连记忆都不甚清晰。红尘漫卷，好多人都已不再能找得到最初的自己。或多或少似乎都沾惹些名利荤腥，世俗烟尘。不是不干净，是不再能干净。这世道，谁能逃得过红尘。不是不想逃脱，是不能。

小时候的那片天地，你何时见过霾。怕是，听都没听说过。站在高处，你能看到很远，直到看不见为止。那份辽阔，那份纯净，那份简单着的山清水秀，能把人高兴坏。远在远里，现在几乎是看不到了。蓝天白云，怕是都已被挤到在天边去。人的目光好像越来越短浅，能看得到的也不过是身边那一点。风景没了，还可以想象。若是人的灵魂没了，去哪儿才能寻得到？

春节回家，小时候的山水仿佛已走失，再也看不到。村中间的几池河塘早已干得叮当，正淤积着琐碎的陈年旧事。村子里，横七竖八歪斜着些老房子。有的门还留着，只是不见了人。宅前屋后，是风死过去的野蒿和茅草。站在那儿，想着小时候满村子屁颠屁颠玩耍的身影，心里笑着悲凉。小时候叫着响亮的三老爹、四大爷、五婶子，都早已埋入村后的黄土。黄土上的草，早已没过了童年。与我年少一般的伙伴们，也不见当年的欢声笑语。仿佛早已世故老成，有的甚至麻木。看我去，生冷得很。小时候形影不离的玩伴老虎，站在远里，一脸的疲惫。人都走了，你还能想起回？我对他说，我想家了，我想小时候的我们了。他嘿嘿地傻笑，多像鲁迅《故乡》中的闰土，一脸的沧桑。走近，搂着他的脖子，叫一声老伙计。心里一阵酸，又一阵暖。他没有拒绝，也挽起了我的手。然后，我们啦起了小时候。小时候，我们在一起藏猫猫，割猪草，玩游戏，采莲子……他一边滔滔不绝地讲，一边唏嘘感叹，都老了，都回不去了。一提到小时候玩杀鬼子游戏，我逼他当汉奸的事，他还能笑得合不拢嘴。只在这个时候，我才能看到他最初天真无邪的模样。

过得怎样，老伙计？他慢吞吞地回我，还过得去吧。过得去就好，我一直这么认为。看他这副瘦弱的身板，我真有点害怕他过不去。邀他去我的城里玩，他只是笑。黄土埋了一半子的人，哪儿都不想去了。还没到五十的人，怎会这般的没了性子。说这话，你就不再是老虎了。后来才知道，这些年他过得不易。老婆是九十年代淘来的四川人，孩子又不争气，还在监狱里。我给他一包烟，他很激动，支支吾吾的连声谢谢。当年的小老虎，果真是老了。

一辈子有多少个春天？我不想知道。我只知道，春天一年中只有一次。这一次，很短。所以，我不想错过。

把自己开成一朵花

去户外散步，看到那么多落花，妻子觉得有些惋惜。

我说，花无百日红，人无再少年。花开是一种美，落花何尝不也是一种美？

每朵花都有绽放的理由，未必要知道因谁而开？也无须知道，因谁而败？来过就好，开过亦就好。有些花，只开给自己看，怎样的岁月，怎样的风雨，她都不管，她只坚持开成自己的模样。即便连蜂蝶都不曾来，她也没有要改变的意思。迎着风，她只想把自己开成属于自己的一朵花。

这样的花开，不能不说是一种伟大。她从不炫耀，也不浮夸，更不迎合，只默默地做自己。看似平淡，又觉无趣，甚感残忍。其实，这也是一种超然物外的活法。一个人，若是能活成这个样子，也当是一件很了不起的事。这种活，需要怎样的一份从容淡定的心境啊？

许多花开在深山里，开在绝壁上，开在无人问津的荒野。她们从不计较，也不埋怨，在那最朴素的尘埃里，把自己开成一朵自顾自的美丽。有人说，这是一种逃避，我却不以为然。每个人有每个人的活法，每朵花也有每朵花的活法，只要自己活得开心就好。

上周看到一则新闻，不，应该说是旧闻。一对夫妻隐居深山，过着男耕女织的田园生活，数年后才为人知。有人反对，有人赞叹，更多人是不屑。选一个安静的去处，过一个平淡人的生活，他们也错不到哪儿去。我们无需打扰，也无须非议。许是只有这样的安静里，他们才活得更开心、更真实。有人削发为了尼，有人剃度成了僧。对他们来说，也许这样的选择，才是他们最想要的归宿。

近日，一女教师辞职，又引来哗然一片。她的理由很简单，她说：外面的世界很大，我想去看看。她说得没错，这一动作也许是她早就想了很久的。此话一出，便招来太多人的骂，也招来太多人的怨，更多是困惑。个中滋味，也许只有她自己知道。由她去吧，也许另一个天地里，她更能开成自己的一朵花，一朵更加鲜艳的花。

几年前，一个毕业于青岛大学的济南姑娘剃度出家，更名"才真旺姆"（汉译"持寿自在母"），去四川甘孜新龙东祉寺（海拔4200米的雪域高原），开始了清苦而充实的修行生活。至今，还有人无法想得通，更多是怀疑。每每有人问她为何会出家，她说没有发生任何事情，亦不存在神马逃避。最后只回复一句：我出家，是因为佛陀说得对。

开心就好，陶渊明不也喜欢在南山筑篱种菊吗？那份"采菊东篱下，悠然见南山"的放旷释然的生活方式，千百年来，不也是一直得到很多人的赞美吗？即便是逃避，那样的逃避也许是因为值得。

不是每个人，都要生活在金字塔的塔尖上。更多的人，是要活在不为人知的生活底层。她们并不要求轰轰烈烈，也非要求大富大贵。差不多就行，过得去就好。她只要求，能安安静静的开成自己最美的一朵。这种简单的要求，并不过分。

穿过小道，是一片荒野，一片无人涉足的荒野。那里，不只是草长得好，花开得也好。只是我们从来都不去留意。看得出它们生长得很用心，也很乐观。被人想起与不被人想起，似乎它们并不在意。在这个无人涉足的荒野里，它们只开给自己看。

那些花和草，有的有名字，有的没名字，这一切都无关紧要。它们开着花结着果，自有自己生长的乐趣。莫问芳名，只要它们快乐就好。

不管是长在高层，还是生在尘埃。只要努力把自己开成一朵花，便足矣。开与不开，是自己的事，看与不看，是别人的事。活给自己，谁能说这不是一种美？

红尘彼岸，只要能把自己开成一朵花。这一生，也不再徒然。

我热爱沧桑

每到一座城，就想奔着它的沧桑去。

到常州，便去淹城。到苏州，便去山塘街。到南京，便去了秦淮夫子庙，还有古城墙……踏着古老的石板路，看着长满青苔的瓦舍，心里不再是沧桑，似乎只剩安静。我喜欢这样安静着的沧桑。

许是到了喜欢沧桑的年龄，每一次回故乡去，似乎有意无意的都要想起从前的事，还有物。

石桥。古井。纺车。老庙门。还有小时候常爬过的老槐树、石辘轳……就觉那些都是记忆里无法割舍的美。

走回堂屋，看着西墙上亮了近半个世纪的马灯，还有收藏在门后的犁耙、石磨，心里不免涌出一股股暖来。掸去厚厚的尘土，摸一把凉飕飕的过往，心底咯噔一声，就觉时光之快，快过匆匆流年，不免生出声声怜惜来。

打开木箱，又见到儿时的小人书、铁环、竹笛子，还有链条火枪。童年的面孔，一张张呈现开来，老虎、小兵、嘎子、黑蛋、革志……然而有几个再也看不到。小时候总希望长大，长大了才觉有太多的遗憾。离开故乡时间越久，仿佛越觉得陌生，陌生得一个个都要远离去。

忽然想起，曾经的小河，曾经的苇塘，曾经的打麦场……辘轳声和赶场的号子似乎已经是遥远里的事。不知哪一日，自己也要静悄悄的走。和父亲一样，躺在那个长满蒿草和开满槐花的山坡上。

真是没出息的，年纪轻轻偏要喜欢起沧桑来。

果真是要老了吗？不知什么时候起，便觉沧桑竟也是一种美了。

喜欢沧桑，是因为那一处沧桑的背后，可能历经过太多的辛酸过往，也可能曾经蕴含着数不尽的无限繁华。那时的繁华，一定是车马喧嚣和霓虹千丈的，譬如我故乡的老街。故乡的老街上，有圯桥，有浮屠寺，有白门楼，有关羽拴马的千年古槐……邹忌来过，张良来过，刘关张曹都来过，还有李白，李商隐……想起这些，一直都觉得自豪。

就像村子里的那棵老槐树，还有那座古老的石桥。虽是青苔朵朵，仍然是不间断地想起。说起她们，一种亲切感就会扑面来。其间，仿佛陈酿着一种浓浓的思乡愁绪。

无论走多远，每次都要想起它们。每次回，都必是要去看看它们。它们在，心就安。即便沧桑的不成样子，仍然觉得这些都是故乡曾经的一份美好。

如果哪一天这些东西都没了，我不知道乡愁是不是还在？

前几年，有一位江南的书记调来本县，为发展县城经济，一再坚持要把这些古老的东西移到数十里外的县城去。父老乡亲不同意，拼命地要保护着这样的一份古老。拗不过，后来才未能成行。当时我也想，根深蒂固的东西，怎能说移就移，乡愁又岂能移植得了啊？无论你怎样仿造，你都不可能造出那种原汁原味的沧桑来。因为所有的沧桑都是经历之后的，那份经历的背后，该是一份怎样的厚重啊！那花窗，雕着从前的印记。那石板，刻着曾经的过往。即便是风雨打磨去了棱角，可那还是一种古老啊。假的东西永远都是假的，它不可能再撰写出古老而又美丽的故事和传说来。

走在故乡老街的石板路上，你仿佛是走在汉代。

那一块块断瓦残砖，可能都映照着秦时明月。

你摸一下那墓碑，它可能不再是一块墓碑，而是唐朝。

这样的一份古老，原本是属于我的故乡的。有了它们，才觉故乡是真正的故乡了。

清明去横店。横店是座新兴的城。城里新添了许多古老的东西。说是新兴，只是近十多年的事。说它古老，是把许多古老的建筑一次性移栽来。那里有秦王宫，有清明上河图，有明清宫苑，有江南民居……别人看它仿佛处处都是唏嘘赞叹,而我偏觉得那只是一种摆设。新修的殿阁,新刷的板门,新砌的街道,新栽的花草……那样的新,似乎还散发着湿漉漉的油漆味。看着,会让你一时什么都想不起来。

两日游历,似乎没有一点激动。眼前除了一间房,还是一间房,让你想不起来这一间间楼台殿阁里,曾经演绎着一场场惊心动魄。

回到老家,我又坐到了故乡的那座石桥上。一坐,就是大半天。风里,有太多的乡愁扑面来。

你好，远方

　　小时候，我问父亲。远方有多远？父亲总摇头。有一天，父亲把我领到村口的一个高台子上，指着看不见的方向对我说。看，孩子，那就是远方。

　　记忆里的远方，白茫茫的一片。仿佛是大海，又仿佛是群山……并不是我想要的美好。

　　听说远方有高楼，有火车轮船，有洋米白面……然而那时，我就是望不见。

　　那时侯，总想，长大了，就要到远方去。许是那里，有自己想要的遥不可及的未来。后来，和小伙伴们经常有事没事，就爬到村口那个高台子上，踮着脚尖遥望。遥望外面的世界，遥望遥远的未来，直到看不见为止。

　　上大学那天，父亲送我到十里外的车站。听说我要到几百里路的地方去，转身的当口，我看到父亲泪流满面。他知道那个地方，一定很远，远的不再想看就能看得到。

　　那时，村子里没有电，更没有电话。隔一段日子，父亲都要写信来，我也要写信回。每一次收到父亲邮来的信，我就激动。想念里，父母成了我的远方。时间长了，竟不知该写些什么。怕父亲不安，我还是坚持回信。内容虽都大同小异，然而我能看到父亲灿若菊样的幸福感。家里很好，不要担心，好好读书，好好和同学相处。诸如此类的话。更多的时候，通过父亲来信，我能了解到村子中的一些新鲜事，谁谁家娶了媳妇，谁谁家盖了新房，谁谁家有孩子考上了高中。父亲没有责怪，信仍照常来。天寒了，就问冷不冷，记住多穿衣服。天热了，就问热不热，记着衣服要常洗常换。有时候，还要说起家里的狗狗，还有小兔子……就是现在，拿出那些信来读，心里还时不时的滚烫热烈。

毕业后，我去了一个偏僻的小镇，没能达到父母的愿望。我工作的地方，没有高楼，也没有火车轮船，只是一个如我家一样的小村落。一段时间，心情很郁闷。总觉得，我所要的远方，原本不该是这个样子。在那里，一晃就是十年。十年，又很少回。每次回，都要骑上单车，走上大半天。回家后，不知该向父母如何讲述远方里我那骄傲的未来。每次回，父母都要准备上好的饭菜，亲戚样待我。让我吃够，然后打包让我带走。每一次回，父母都盼得急切。每一次离开，又都催促得要命。怕天黑路远，怕风雨无常。每一次，我都盛在父亲母亲的千叮万嘱里，温暖着并孤单着。那时，我是父母朝思暮想的远方。

有了家和孩子以后，原本属于自己的故乡去得更少。有时候，父母想我们和孩子了，就从老家远远地赶来。我们只是激动，却不知说什么好。只有逢年过节的时候，每年才回家一两次，这一两次也是匆匆。时间久了，就觉着那里成了自己的远方。偏远里，只是闲下来的时候才想起，那里有我的父亲母亲，有我的红瓦白墙，有我的开花和不开花的树，有我的童年仰望……有时候，因为忙，连电话竟忘了打。一次，父亲打电话来，老半天没说话，我心里一惊。父亲说：就想告诉你，要忙，就不要回。等过年的时候，和孩子一起来。听父亲说话，心底一阵阵酸。上天读到一篇文章《你还能陪父母走多久？》。那晚，我呆坐了很久，心里仿佛被什么东西堵得生疼。

一晃，二十多年过去了。儿子也去了远方。

走那天，妻子里里外外不肯安宁。该买的买了，不该买的也买了，该带的带了，不该带的也带了。逼着我把儿子送到学校去。走的时候，万语千言的叮嘱，儿子都有些烦。儿子在身边的时候，没感到有些许的空，儿子去了远方，心里真的有些放不下。虽然现在不用写信，手机电话联系起来很是方便。然而，那种无所依傍的牵挂，始终萦绕于心挥之不去。大一的时候，儿子时不时还打电话来，说说学校里新近发生的事。

后来，隔一段时间，电话不来，妻子就有些责怪，催我打电话去问。

儿子说，毕业以后，要去更远的地方。妻子不同意，我也不大太同意。那几日，心里七上八下，连睡觉都不太安稳。白天，看着那方向，夜晚仍梦着那方向，一刻都不曾停歇。

此刻，方觉得父母那份遥远的牵挂是怎样的一份厚重？

远方啊，你系着一颗怎样的心哟！

心如莲花静静开

不小心，就立秋了。那一日，我正和妻子，在小梁湖看荷花。

说是湖，其实是一条河。湖的周围，是一大片一大片的苇子。荷叶与花，穿插在苇子中间。苇子也开花，只是没人太在意。好像大家都奔荷花去，而忽略了苇的初开。六月莲灿，当是莲花盛开的时候。那时，我偏因为忙，而错过。有些东西一旦错过，似乎无法再挽回。生命这东西，有时是等不得的，错过就错过了。即便有轮回，下一个轮回里，谁知会是一种什么样子？

行人不多，这条河尤显得安静。这个八月，一定不像六月莲灿时吵闹。那时灿烂，正当华年，仿若一女子，该是繁华锦绣时。八月诗禅，需要一份静怡。找这样日子去看荷，也许最适我们这个时候的心境了。

沿河走过去，仍有荷花依然生动。花多粉红，其间也有朵朵白。我尤喜白莲，就觉她是莲中极品，高洁自不必说，就觉白得安静贴心。八月诗禅，许说的就是这个时候吧。这个时候，最能安下一颗心。一个人要是能静得下心，入了诗又能入了禅，把世事都看得那么明了，那该是一种怎样的修为。

一边走，一边有荷香扑面来。河边的叶和花，凡能抓得到的地方，早都被爱荷的人摘取走。不想，有那么多喜欢荷的人，要胜过我。我喜欢荷，从不敢动手。美这东西，是大家的。美是用来欣赏的，不是用来破坏的。一旦破坏了，不只是要扫大家的兴，那样的一分安静就不在了。谁那么缺德？那么好看的荷，偏都要撕扯得七零八落。有人唠叨。我想那个人，也该是与我一样珍视美的人。

我没有一点要责怪的意思，也许他们正年轻，也许他们是真的爱荷呢？

爱花当不可责，就怕他爱过便弃之。这世间有多少人，喜欢过六月的灿烂。人的爱美之心，是阻挡不住的，不怕爱，就怕糟蹋，就怕爱着爱着便要厌，便要弃。若是这样，真是辜负了这一季季美好的盛开。人真是说不准的，他若执意要变，你又能奈若何？

往前走，一直往前走，没有停下来的意思。越走越觉得远，偏觉荷越要多。而我们并不觉得远，许是荷的力量。最终，找到了一弯静处。在那里，我们看到了一池扑面而来的荷塘。这仿佛是一处私人家的荷塘。荷塘边上，有一户人家，房门前是一溜花架子，架子上都养着花，也多是荷。我想，这极是一个有品位的人。这样一个追逐名利的时代，谁能停得下来养着一片山水。一老人，独坐在荷塘边，眼望荷塘，似乎有太多的往事要想起。走过去，他转脸看我们，没说话。

我问：老伯，这是你的荷塘。他点头。也是我老婆的荷塘，随后又补充一句。

你的荷塘很美唉！他笑了，笑得很真诚。我老婆叫莲花，她比这荷塘美。

我似乎有些明白：这一池荷花，许是只为一个人而开。你们城里来的？我们点头。我原先也在城里住，退休了便回到这儿。我和老婆都喜欢荷花，可她没活过我。一段时间，他没再说话。

好多人来看荷花，我没让他们采摘。我说，欣赏可以，别动我的荷花。他说得很认真。

我想，老人对他的妻，是有深重感情的。

你们是夫妻？我点头。好好对她，人一辈子真的很短。我不解，他想要说什么？

他说：一直忙，一直忙，很少回来。本想，以后会有更多的时间的。等有了时间了，她却不在了。我没说话，这样的时候最是安静的时候。也许他的诉说，只能这样安静着倾听。这些话，看似对我们说，其实是对这一池荷花。

　　守着这样一池美好，莫非他是在赎着一种罪？老人不言，深情里只看荷塘。我们没敢打扰，只静静地绕着荷塘走了一圈。荷花静静地开，开得人心里朵朵鲜艳，不输六月连灿。

　　回来时，夕阳将落下。远里，见他仍坐在荷塘边。这个入秋之夜，怕他还要守着他的一塘荷花睡……

　　一路上，就觉已有了秋天的味道。秋风过处，仍有一股股小梁湖飘来的荷香。到家的时候，已是万家灯火。这一夜，我的心一如莲花静静开。

做红尘里一株圣洁的兰

喜欢兰的高洁，早在多年以前。

那年，我还在占城联中读初一。我的一位体育老师姓侯，新疆人。他喜欢兰花，喜欢得要命。每次上体育课，他都要说到他家的兰花。

从小学开始，就害怕体育老师。我个子矮小，什么活动都做不好，常常被老师罚。侯老师从没惩罚过我，反把我们当作兄弟。大家都喜欢他的课，他真的就像大哥哥一样，从不板着脸。他的课上，我们都像一只只欢快的小鸟。

他家的窗台上，植有好多盆兰花。每次经过他的房间，就觉那儿花香袭人却一株都不敢认。周末放晚学，几个同学恶作剧，偷偷地端了一盆塞在我家的床底下。

周一回学屋，见侯老师一脸苍茫。得之，是因为少了一盆心爱的兰花。那节课，他讲了那盆兰花的故事。听后，我们几个都傻了眼。他说那盆兰花，是从很远的家乡带过来的。他给她起了个好听的名字，叫怀兰。他的父亲是一位老师，喜欢养兰，一辈子高洁如兰。临终的时候，他告诉儿子，无论什么时候，无论走到哪里，都要做一株兰样的人。不想，文革的时候，他的父亲被折磨而死。他说，无论受到怎样的凌辱，他的父亲至死都挺直着腰板。

父亲去世不久，他就随着母亲来到内地，投奔了三姨妈，在那儿考了学。后来，他的母亲也学着栽种兰草，一辈子没再嫁。那些兰草，仿佛株株都是父亲的样子。母亲守着，他也守着，一守就是几十年。

说完之后，老师哭了，哭得忒伤心。那个时候，你知我有多后悔。

未等放学，就立马跑回家，端来了那盆兰花草，小心地放在侯老师家的阳台上。那天，我没敢告诉老师。

我只在那儿读一年书，第二年便转回镇上去。临走的时候，我找到了侯老师，把这件事告诉了他。那天，他没有生气，反而谢了我。他微笑着抚摸我的头说，谢谢你端走了那盆兰花，若是换了别人，怕是再也找不回来。说得我一脸的羞愧，当时心里乱乱地酸。那天开始，我也就喜欢上兰花了，就觉它很像我的那位侯老师。

临别时，侯老师还告诉我：以后要做一株兰，要像兰一样具有兰质蕙心。当时虽有些不懂，而我偏记住了老师的话。

三十多年过去了，怕他早已老，可他一直就像一株兰，根植在我的心里。

后来去城里读高中，见一老师家里也有一株兰，便经常去他家里玩。一看到这株兰，我就会想起侯老师，想起他的故事。印象里，就觉每一位老师都纯洁如兰：带着一颗心来，不带半棵草去。从那时始，就想以后也要当一位兰一样的老师。

后来，这种愿望如愿以偿。

工作后，去徐州拜见一位杂文家袁成兰，在她家里我也见到了一株兰。袁老师是我的老乡，人称彭城女侠，人品高洁，吐气若兰。此后，就一直觉得只有君子才配做兰，所以一直喜欢。

从书中得知：兰花被誉为"花中君子"、"王者之香"。对于国人来说，兰花还有民族上的深沉意义。在中国传统四君子中，和梅的孤绝、菊的风霜、竹的气节不同，兰花象征了一个知识份子的气质，以及一个民族的内敛风华。屈原在诗歌中将兰喻为君子，故后人又把兰理解为君子高洁、有德泽的象征。兰有那么多好，自此，便想在红尘中做一株兰了。

在宁海支教，教师节那天，学生送我一幅装裱精美的刺绣，画面上是一株兰。那株兰，花开纯白如玉，让我欢喜。这株兰，我一直悬挂在自己的书房里。每次见她，就感觉有兰香萦绕，心地也随之纯净成一片兰香。

后来，在市场上看到了一株兰草，便把她带回了家。放在靠近书房的阳台上，有了它似乎就像有了宝贝似的，每天都要看见她。与之相伴，就觉自己也拥有兰心蕙质似的，心晶晶然盈满着幸福。

在红尘里植一株欢喜的兰，一直是我想要的。

第六辑

想做故乡一朵荷花

我多想做故乡一朵不染的荷花，依然盛开在，故乡那片曾经美丽的清澈里。

又到芦芽初长时

每一个清明，都有太多的过往让我想起。

这样的无限春光里，我会想起亲人，想起故乡，想起苇河。故乡，早就没了苇。村前的那条河，不知还叫不叫苇河？

乡愁是什么？乡愁，也许就是一种离开。自从离开家乡以后，就觉着自己开始有乡愁了。

听二弟说，过一年，村庄都搬走了。即便村庄没了，我想我的乡愁一定还在的。小时候，那里曾是我们千军万马的战场，也是我们苦难和快乐的归处。即便忘，也不会忘得干净。叶落归根，谁没有故乡呢？我的根，就扎在那芦花荡漾的苇河边上。

最喜芦芽初长时的模样，一河塘青青纯纯的美好。破土时，那丫儿，真是嫩。她从松软的泥土里，露出婴儿样的脸，还有欢笑。似乎羞怯，更着简单，多像我们的青春年少。青葱而优美，单纯而烂漫。春天里，那种生长，几乎一天一个样，看了让人嫉妒。和她一起长出来的，还有一种叫豆瓣菜的草。它一出来，似乎就开着花。一窝一窝的，开得可喜人。花儿一身的白，碎碎的开在青青的芦芽边。真好看，就像芦芽的鬓发间，佩戴着的朵朵白花儿。不仔细，还认为是芦芽子开出的花。它开在清明里，开得特认真。每次回家祭扫，在老家的山坡上，时常也能看到这样的花，所以记得清晰。

每次去河塘，必是小着心的，怕伤着苇。大多时间，我们只站在岸边看。看河水清流，看苇芽茁壮。春天的小河，更显得浅，能一眼就看到河底的蜗斗牛。小鱼儿，一尾尾，游来游去。鱼儿很小，眼睛却很大，它们能把一池清澈咬出朵朵细碎的浪花。还有蝌蚪，也很小，拖着黑黑的尾巴，一团团，没方向的拥挤着。一段河塘，就像画家泼的墨。好多年，再没看到这样的清澈了。就是现在的饮用水，都不及它清。它的清，有丝丝的甜，更多是，有丝丝的暖。

书上写，小蝌蚪在找妈妈。不知道，那些个蝌蚪，后来找到妈妈没有？那时总悬着一个疑问，小蝌蚪的妈妈究竟去哪里了呢？那么多孩子，是不是负担很重，也要远离故乡，出去打工挣钱了。

芽初长时，着一身青翠的衣，似乎还要绣着蕾丝的边。每一层都要包裹得紧，我喜欢这种不甚张扬的矜持。春风里，她一叶叶的向上开，就像十五六岁的小女儿，单纯而优美。

见她生长，许多草儿也次第跑出来。譬如猪耳朵、小野蒜、曲曲菜、贱而鼓，还有麻雀屎、小米饭。谁起的这样好听的名字，极具乡野俚俗的韵味。我喜欢它们这种被叫乖了的名字，就像小时候长辈们给孩子们起的小名儿，大眼、猫屎、拴住、狗蛋儿。亲切的，近如兄弟。

放学了，挎个篮子，沿着苇河，我们割猪草去。割完猪草，就放在水里长。说来真是好玩，猪草被阳光热得蔫吧后，经水一个劲地泡，果真会长满一大篮子，鲜鲜嫩嫩的。我们也把自己的双脚，伸在河水里浸泡，有小鱼不断游过来，专拣我们的脚丫子啃。鱼很多，伸手就能抓到，然后在水边圈一个小池塘养。鱼太小，不忍吃，走时就将它们放回河塘，任它们自由去。割草的间隙里，每次都要劈几片苇叶裹成笛，吹出自己想要的一片响亮来。那时，歌很少，能唱完整的没有几支。《我爱北京天安门》，算是最好听的一首，还有《我是公社小社员》。就是现在，还能不跑调地哼上几句：我是公社小社员哎，手拿小镰刀呀，身背小竹篮哎，放学以后去劳动，割草积肥拾麦穗……

即便是仅有的几首歌，我们也都要用芦笛吹出来。裹芦笛，是有讲究的。收口小，声音就脆而响，收口大，声音就粗而闷。粗时，吹起来够难听，果真就像老驴放屁。芦芽初长时的叶子，柔软且尖细，裹出的笛，又精致又漂亮，吹出的声音也极是好听。吹芦笛，也很有学问，嗓音要拿捏得好，气息的强弱还要控制得均匀。旺叔，是我们村里芦笛吹得最好的一个，后来他去了美国。离家乡越远，乡愁一定会越浓，不知他是不是？

回家，我再没看到苇。那条河还在，两岸还有零星的树。河水浑浊，很多的垃圾堆积，仿佛凝固。沿着河岸走，一直没能见着有苇芽吐露。河里没有鱼，也不见有蝌蚪。相信那蝌蚪，都已经找到妈妈了。不知，它们是不是也有乡愁？

看着这条河，心里有说不出来的滋味。这还是我童年时的苇河吗？她的苇呢？要是它们还在，这个季节早该没过我的腰了。走着走着，耳畔似乎响起悠扬的笛声，忽然觉得自己还是那个苇样的少年。

若是退休了，我就在门前再植一河苇，我还叫她苇河。

母亲的山

回家，和妻子儿子一起。母亲说，吃完饭，到俺山上看看去。

听来，心里一阵酸，母亲怎么把我们当成外人了。那是母亲的山，那可也是我的山啊。每每遇到朋友或同事的时候，我一直都告诉他们，有时间带你到俺山上去看看。母亲怎说这山偏是她的了？妻子没听出来，儿子也没听出来。儿子不在这个地方出生，妻子也不在这个地方出生，不怪他们。这可是我的山啊，生我养我几十年的故乡。在我心里，我可没有一刻不把它当做自己的山啊，就像心里一直挂念着我的母亲一样。今儿个，怎么偏偏生疏了呢？

许是因为，我们回来的次数太少了。难怪连左邻右舍的叔叔婶婶们，见我们回家都要觉着稀罕。每次回，它们都要站到门口亲切的打着招呼。每次走，他们也都要站在门口依依惜别的送行。最难忘的，也是最多的一句话：常回家看看，看看老娘，看看山。

前几年，每次回来，母亲还争着要带我们一起上山去。她总跑在前头，给我们说说这，又说说那，似乎有太多说不完的话，直到说得我们都不愿意听才作罢。这几年母亲去不了了，母亲老了。腰疼，腿也疼，每走几步路都要上气不接下气。我想这一定是母亲年轻时，过度劳累才落下的病根。岁月可真是无情啊。只这几年，就把母亲变老了。母亲的背驼了，发也白了，连说话的声音似乎都显得沙哑苍老。记忆里，母亲是一个何等风风火火的美丽女子。那时她总喜欢穿大红大紫的衣服，连干活都是一路小跑。看着她当年的照片，我似乎不敢认我的母亲了。那时母亲多漂亮，两条长长的大辫子，乌黑油亮，眼睛大大的，仿佛能洞察世间的一切。不曾想，怎么都这般的白发如雪了呢？母亲的眼花了，似乎连最近的地方都不再能看得清晰。母亲一向心灵手巧的，现在拿点东西手都抖得不行。原先大家都愿意和她一起做着活儿，她做得又快又好，做完了还要经常去帮着别人。现在连蹲下去再爬起来，似乎都艰难得多。

那时家中人口多，我们兄妹也多，最多的时候有十一口人。爷爷奶奶身体不好，父亲身体也不好，记忆里似乎年年都要透支，太多的艰辛都压在了母亲一个人身上，可母亲并没觉得有多沉重。那时总见她每天笑意盈盈的，似乎对这个家充满着太多的信心，特别是对于我们。

我们都花枝招展了，母亲却老了。母亲，你的繁华给了谁？

儿子说，吃过饭，上俺奶奶山上去看看。我没有说话，心里好像又一次被伤着。儿子也不认为，那山是我的山了，我心里有太多的纳闷，是不是连山都不认我这个儿子了？

山上似乎有些儿清冷，树的叶子差不多要掉光。石头露了出来，土也露了出来，连树的枝枝节节，仿佛都青筋饱绽着。我眼里的山，一直都是饱满着的绿，熟透了的黄，还有篇篇苍翠的。现在，天是高了远了，可再也见不到我心里的那一份花红柳绿了。

这个季节里，山瘦了，也老了，繁华早不在，就像我的母亲。

初冬里，天还真有些儿冷……然而来看山的人，似乎并没有减少。

坐在山巅，我仿佛又看到自己小时候单纯快乐的样子。跟在母亲身后，母亲开山凿石，我割草牧羊。母亲坐在山泉边洗涤衣服，我和小伙伴们高高兴兴的玩着山泉水。风声悠扬，泉水清冽，哗哗流淌的似乎都是年少的优美和欢快。那时山上多槐树，串串槐花都开得珍珠般灿烂，阳光里刺着人的眼。还有梨花、杏花、桃花，更多是不知道名字的小花，花花都开得那么鲜艳夺目。每个季节里，我们都要所有的山头跑遍。挖药，割草，牧羊，摘野果子……一刻都不曾离开过这座山。

后来上学了，后来工作了，后来一直很少回，仿佛那山不再是属于我的了，难怪连儿子都不承认。

山下的哪块地是自家的，哪片林子是自家的，现在都不再能说得出来。凭什么还说是你的山啊？我在心里嘲笑自己。

坐在山上，思绪纷纷乱，乱如这初冬里的冷风。风里，我仿佛看到母亲，正站在山下老榆树下，翘首等着我们回家……

想着，便有泪滑落。

回家，我对母亲说，你的山真好看。母亲笑了，我却哭了。

最好看的是它瓜果飘香的时候，可惜你没有赶上趟。母亲说。要是春天来就好了，要是夏天来就好了，要是秋天来就好了，要是……我没有说话，只低着头认真地听。

走的时候，母亲站在山下，和叔叔婶婶们一起。那是多美的一幅风景啊，母亲、邻人、老树、村庄，还有我朝思暮想的母亲的山……

去故乡看雪

因为有了落雪，才有了故乡的这一次远行。

好长时间，没认真地看一看故乡的雪了。尽管每年回去仅有三两趟，就这三两趟也只是匆忙间转身。时间都哪儿去了，怕自己一时也说不清。觉得好多年前，就已经把故乡的雪忘得个干净。

工作闲暇时，间或看看窗外，看看窗外灰白色的天空。匆忙里，怕是这一刻是想不起来故乡的。只是偶尔老家传来了红白喜事的音讯，才不得以在急匆匆中回。故乡曾经热情的面孔，还有温热的土地，眼见着面熟却不再能够分辨得出来。父亲一再叮咛，无论走到哪里，无论时间多久，都要记住故乡就是故乡。

每到冬来，看到雪地里捡拾雪花的孩子，心一刻都不曾安静，感觉他们就是小时候的自己。看着他们，似乎有些妒忌。妒忌他们被绫罗缎绢包裹着的温暖，和他们手中那些热腾腾的美食。小时候没有衣穿，没有热乎乎的东西可吃。那种简单着的快乐，无论如何都难以割舍得干净。那份念想，时常沿着高楼要爬进我的窗。梦里依稀能看到自己和一群小伙伴们，正伸着鱼子酱样红肿流血的小手，泡在雪窟里堆雪人，挑花灯，燃放烟火……

一直希望自己长大。长大了，偏又觉得并没有什么好。有时候，连做梦都想回到童年去。

童年里，冬天虽然冷，可并没觉得有多冷。那时简单而欢快的每一个日子，就像漫天飞舞着的朵朵雪花，自由奔放而又无忧无虑。村子里的人，大都希望能走出贫穷的山村，去一个高楼林立、霓虹舞动的城市。

我算是第一批走出村落的人，一晃二十年过去了，我并没感觉城市有想象中那么好。只有年来的时候，才能有片刻安闲和欢娱。然而，这种欢娱又常在热闹中孤单。城里的年，似乎只剩下鞭炮声，总之不如小时候故乡的年好。小时候年来，雪也要跟着来。冬天的雪，似乎说来就来，且来得凶猛。为了那个不太丰衣足食的年，大家仍要忙忙碌碌地准备很长时间。年货要置办，对联要书写，村子里的节目要彩排，祭祖的物事也要齐备……年在热闹声里，敲锣打鼓来。初一那日，饺子都吃不安宁，一个个舞龙弄狮的乡会接二连三来。这种欢天喜地的热闹气氛，大概能持续到正月十五。鞭炮声里，锣鼓声里，我们光着脚丫能跑遍好几个村落。到谁家，谁家都会将花生、瓜子、糖果之类的东西，大把大把地塞进我们提前缝制的布兜。每一次出门，几乎都是满载而归。年在我们幼小的心里，仿佛就是一种朝思暮想的精神鸦片。不只是因为有馒头、饺子和肥肉等好东西吃，主要是因为那时的年味隆重而热烈，又极富有人情味。

城里有高楼，高楼上是左东右西的窗。握住钢筋浇筑的栏杆，你经常能看到，贴在窗边的一张张生冷冷的面孔，还有万家灯火后的孤单。大雪年年有，可并没觉得有哪一年雪的印象比儿时任何一次来得深刻。年来的时候，看着城市烟花纵情的夜晚，总要想起童年里故乡欢快的雪的影子。

今年冬天没有雪，原以为只有等到来年。没成想，偏有一场雪要落在六九里。五九六九河边看柳，柳没来得及绿，雪就扑面来了。年味还在，落雪摇曳，怕是想将那些匆忙折返的游子再多挽留一会儿。莫非，这就是天意。

去故乡看雪，这是儿子的想法。雪是永远都飘不完的，在我们想象的视野里。既然儿子能提出去故乡看雪，想必他内心里雪的故乡别有一层深远。有人说春雪如跑马，落雪是等不得春来的。我害怕，春天的步步紧逼，会让落雪匆忙融去。所以，就想早早的趁着落雪走。妻说，还是明天去吧，你看雪下得哪有空儿。春天的雪是不会等我们的，眼看着的漫天飘落，很可能一夜间就会融化殆尽。就像时光里的烟花，一生可能只是瞬间的事，来去匆匆。

雪，一直飘，飘得很兴奋，是春天里的那种兴奋。

城里的雪不好看，支离破碎，又不甚洁白。城里是留不住落雪的，只在人家的屋顶上，还有很稀少的行道树上。河里没有冰，一弯弯黑，好端端的一朵朵白，就像变魔术样的被融进黑暗，真够可惜的。难怪有人说，近朱者赤，近墨者偏要黑。路上也是留不住雪的，它的飘逸，早已被行人的脚步和车轮碾碎，碎得有点让人心疼。那么好的一片片雪，竟要遭这样的厄运。

去乡下看雪，看来似乎有些神经。其实不然，一路走去，神经的却大有人在。

许是等得太久，人们才这般的如饥似渴。原想这样的落雪肯定是冷清的，没料想竟会这般地受人怜爱。

黄河故道，是一条望不见尽头的锦绣缎带。在她偏僻的一隅里，有一个名不见经传的村落，就是我的老家。河岸有密密的杨柳、干枯的茅草和芦苇，还有菖蒲。叶没了，枝干还在。虽不见了夏日里的花红柳绿，秋日里的赤橙青蓝，在落雪里显得极是安静。仿佛一位老者，在述说着自己饱经沧桑的过往。不时，你还能看到泊在水边的一叶叶木舟，还有一片片鱼网，落雪里似乎有些疲惫。想象里，曾经的霓虹千丈、渔歌唱晚的景致会是怎样的一副鲜艳的样子。小时候，沿着河沿奔跑，不觉得她有多美。现在想来那时的单纯清浅，却是一段无法描述而又无从复制的光阴。小草，小树林，已把半辈光阴浓缩写成一湾清浅里。记忆里的黄河古道，仿佛是悬挂在天上的，且是宽大得一眼望不到边际的茫远。那时，就觉黄河是我这辈子可能见过的最壮阔又最伟大的一条河流。就像母亲，每次看她总在仰望里。似乎郁积了太久，原先的宽大，原先的丰茂，仿佛都瘦成了记忆。草还是那样的草，柳还是那样的柳。却不再能看到当年那样一份自豪与洒脱，智慧与欢快，一切都显得凝重而又沉甸甸。许是离开了太久，才觉得这般陌生。

雪落在雪上，没有想融化的意思。她的安静，庄重而迷离，让你一时想不起来在这个喧闹的尘世里，还有一湾这番的美好。

沿着黄河堰走，两岸的白将心早已洗得明朗。行走间，已不再能看得见河底拥挤着的慌乱的苇草。只能看到落雪，和被落雪遮盖的白。柳被落雪包裹着，杨也被落雪包裹着。枝干洁白，通透明亮，煞是好看，就像一帧帧刻意雕琢的风景，静默在雪里，只等你来。往前走，麦苗早就不见了青青。面前是一片片柔白，一片片温暖的柔白，白得无拘无束，白得无边无际。这就是故乡的落雪，落得人的心里嘭嘭嘭嘭地跳。

下车，踏着落雪。心间别有一番韵致，空旷辽远，质朴干净。仿佛一身轻，是那种无欲无求的干净。雪落在衣袖上，毛绒绒的，像一层层月光。雪落在脸上，落在脖子里，清凉而温暖，仿佛初恋时的吻。滑滑的，凉凉的，从灵魂深处给人一种的快慰。取一枚或几枚在手，瞬间化成一缕烟，远去。走进林子里，回望自己的脚印，一深一浅，心里说不出的荡气回肠。挖一捧雪捂在唇边，一丝丝凉意顺着脸颊飞扬。掌心化雪，我似乎看到了久违的温暖，是雪在这个春天里给与我的温暖。我喜欢这样的落雪，在一望无际里简单直白，又明亮通透。

玩够了，脚印早已模糊难辨，只有落花飞舞。

黄河北去，偏远里有一座山，那就是我的故乡。我对儿子说。

那样远，雪里一点都看不到。儿子说。

不是远，是你路太生。前面就是，只要心里有，再远也觉得近。

雪似乎有些小，隔着车窗好像能看到泊在雪浪里的远村，还有白桦一样的杨树林。一排排，高低错落，极像随意泼墨的山水画，简单又别具一格。

走着走着，家似乎越来越清晰。到老家时，雪说没就没了。好像有阳光，天一下子放亮起来。村后面的山，白得银光闪闪。故乡在静默里，仿佛还是儿时的样子，只是有些老。看过老屋，看过小山坡，看过曾经满是荷叶荡漾的池塘……心如这春雪一样，在温暖里酥润绵软。

春雪果然如跑马，等你走近时，她一个转身便溜走。

回城时，阳光已西射。故乡的山水田园和村落，早被洗得干净俊朗。山头上，仿佛还存留着一朵朵白，夕阳里，正佛光普照。

温暖的老东屋

老东屋快有四十年了，只小我几岁。模样儿虽有些陈旧，可我喜欢。

四十年里，它承载着太多的故事，也带来太多的温暖。当年，一大家子十一口人，住在这个不大的院落里，那会儿一年年都是欢声笑语。自父亲去世后，这里便剩下一片荒凉。院子周围长满了杂草，母亲毅然决然地坚守着。多次接母亲来城，母亲就是不肯。她说她舍不得那片土，舍不得那一圈老房子。四十年间，有四位亲人相继过世，兄妹们都天各一方。只有年节的时候，这里才能响起阵阵热闹声。母亲在，也许热闹会永远都在。

原先，一大家子都挤在堂屋里。挤不下，才有这两小间东屋。

东屋。土墙，苇笆，红草顶。这是它留给我的最早的印记，也是最不想忘的印记。二十年前，一直都是这个样子。后因檐漏雨，才被翻苦成今天样的水泥笆版和红瓦顶。东屋宽三米，长六米，墙高约两米。在这两间不足二十平米的东屋里，我一直从小学上到大学，直至结婚。结婚的时候，它成了我的婚房。记得，还是大老爷和小叔给吊的顶。那顶是从村部找来的报纸糊成的，四围是红纸镶的边。屋虽小，充实且暖，并富有喜气。一直等到学校分了房，才搬走。周末回，那儿依然是我的新房。当年吊的顶早已脱落，隔着水泥笆版的缝隙能看到外边的亮光。大老爷和小叔已走了多年，而东屋还安在。

建这房时，全是我们自家人，偶尔请一两回亲戚。那些年盖房子，我们那儿叫制房子，一个制字可谓艰难。木棒、石块、土，还有屋笆、红草，都是多年积攒起来的物什。积攒齐备了，才能想起盖。记得墙体筑一半的时候，那几日偏有大雨。好多层塑料布裹苦，还是被风卷起。风裹雨淋，好几处墙体不同程度的坍塌。晴日里，重新再砌，那时砌一堵墙，要个把月，这个把月还必须天要好。天好了，泥坯才能固得结实，墙面才能撑得住人，第二批的泥土才能接着上。泥土里掺着麦囊，有时还要加些盐。这样筑起来的墙，才更显硬朗。这个节骨眼上，父亲偏生了一场大病。许是累的，也可能是雨水淋的。那天夜里，一大群人用小木床把父亲抬去县医院。半个多月后，东屋才重新拾掇起来。房子盖成那天，放了鞭炮，还散了糖果，算是庆祝。一家人围在一起吃了顿大饭。所谓的大饭，就是我们家乡流传的八碟八碗。

梁上的对联，是大老爷写的，现在还模糊可见。如日之升，如磐之坚，吉星高照。这十二个字，在我心里一趟就是四十年。当时不懂，后来才知道那是大老爷写得最美最美的吉利之语。

结婚的时候，没有彩礼。一辆凤凰牌自行车，一只大皮箱子。皮箱子里，全是老婆自己添置的衣饰。老婆那边较有钱，陪了一窝棟的家具，还有电视机和缝纫机。她没有嫌弃我，更没有嫌弃这个家。直到现在，我还有点想感谢她。那时的婚床，还是母亲用过的老式木床。贫穷不是我们的错，那时因为大家都穷，所以没有人觉得穷。那样的日月，虽有些儿苦，可从未觉得苦。现在好了，有了自己的小洋楼，有了自己该有的一切。时不时，还会怀念起老东屋，怀念那样一份简单温暖着的美好。

进城后，结婚时的那些嫁妆，都没舍得扔。用大车拉回去，依然原样的安放在东屋里。

母亲把东屋拾掇得干净，被褥叠放得整齐，只等我们找个时间回家住。每一次回，似乎不想走，看着这个四十多年的家，心里涌出汩汩感动。东屋，还是我的东屋，那里的欢声笑语一直都在。睡在曾经的婚床上，看着漏亮的天花板，太多的往事一起来。想起祖父祖母，想起叔叔和父亲，想起这个家的繁荣与昌盛……想着想着，有时能想到泪流满面。

前日回家，遭遇雨天，不得不在东屋里留宿一宿。那夜，我陪母亲说了半宿话。陈芝麻烂谷子，母亲一节节说给我听。好多事早已记不得，时不时母亲还要重来倒去的提醒。说到父亲，母亲似乎有太多的伤感。

母亲说，要是你父亲在就好了。说完后，母亲沉默好大一会儿。我能理解母亲说的这个好，我却不知道如何安慰母亲。约莫三更天了，母亲仍没有困意，我却两眼迷蒙。天亮后，雨依稀，母亲早把饭菜做好。起来，都小半晌了，母亲没舍得叫我。睁开眼，母亲就坐在我的床头。好长时间没在家过夜了，这一夜似乎太短。

吃完饭，匆匆要走，有太多的不舍。

回望，老东屋门前，母亲站成一棵树……

那年童谣

那年童谣。确切的说，那些年没有童谣。

那些年，连物质都很奇缺。奇缺到让你无法想起，也无从说起。即便有几件像样东西还能不时的扯着神经，可一想起来就觉着不是个滋味。特别是那些偏要以"洋"字开头的一些东西，看着就让人心里十二分的不爽。洋油、洋火、洋桶、洋米、洋面、洋布……当时，这些洋玩意都是要靠计划的，不是每个家庭都能享用得起。那时没有广播，没有电视，没有可以打得出去的电话。偶尔有一两场电影，还能让人觉得乡村似乎还像个乡村。

晚上没事的时候，大人们都要挤在老墙根儿，黑灯瞎火里侃大山。差不多，都是陈芝麻烂谷子，还有一些抓革命促生产之类的话题。孩子们没了去处，便要聚到一起玩一些早该作古的游戏。譬如黄狼拉鸡，磨刀杀羊，撂手帕，打石塘，藏猫猫……这些游戏虽是玩过了千遍万遍，可每次玩起来仍能觉得兴致勃勃。因为，那时的乡村里，实在是无太多的游戏可玩。最怕，遇上连绵阴雨天。这样的日子确是难熬，能把一个人熬得半死不活。小孩子们只能躲在自家的被窝里，瞅着黑夜，听爷爷奶奶唠叨着狼外婆的故事。故事不多，也只是重来倒去的那几个。听得遍数多了，也便觉得腻。

乡村的夜，是黑色的，漆黑的黑。偶尔，有几盏油灯的亮光扑闪扑闪。估计，是谁家的孩子夜间要起来换尿布。电这东西，那时一直不知道是个什么东西。上初中后，才从书上得知它是一种能钻天入地的洋玩意。那时，农村里没有电，更没有电灯。学生的晚自习，多是在煤油灯或汽灯下度过。清晨起来，总见两个鼻孔黑黑的。坐在风声四起的教室里，心仍有一种亮堂堂的暖。

最喜，月光倾城的夜晚。男女老少，都要挤着从屋子里跑出来，享受这一片老天赐予的明亮。孩子们疯狂似的在月光下做游戏，大人们围着一圈凑起热闹，笑声一片片又一阵阵，雀跃着萧索贫穷的乡村。即便是冰冻三尺，白雪皑皑，这样的夜晚也不舍得浪费一次。

那时文化之于乡村，近乎一种空白。偶尔有一两场电影，方觉得有一种文化气息。那时，歌曲很少，童谣也少。少到，一支曲子一天能唱到好几遍。记得一些歌曲，常在学堂里或放学路上唱。有些歌词现在还记得清晰："我是公社小社员，手拿小镰刀啊，身背小竹篮，放学以后去割草……"；"我爱北京天安门，天安门上太阳升，伟大领袖毛主席，领导我们向前进……"；"革命军人个个要牢记，三大纪律，八项要注意……"；"大刀枪，向鬼子头上砍去……"每次唱，都是拼命地响亮，连周围的村庄都能带动起来。也许这些歌曲太革命化，时间长了，总有唱够了的时候。无歌可唱的日子里，不知又从哪里兴起了些顺口溜。算不算得上是童谣，不知道。那时，就觉从我们孩子们的口里唱出来很好听。童声清脆，齐整押韵，还有一股乡野俚俗的野味。特别是那些朗朗上口的语调，现在回想起来，都觉得诙谐和搞笑。

"小红孩，推红车。推到高岗上，脱裤挠痒痒。南边来条大黄狗，照腚咬一口。"

"大刀砍，绿豆眼，河南人，由你捡。捡大的，剔小的，专拣你个小子会跑的。"

"花喜鹊，尾巴长，娶个媳妇忘了娘。娘在麦稞了，媳子搁被窝了。娘要吃苏州梨，哪有时间去赶集。媳子要吃苏州梨，骑个毛驴就赶集。"

"捡到一分钱，交给保管员。保管员没在家，交给二瞎大。二瞎大占据了，养一窝母兔子。"

……

算不算童谣，不知道，就觉有趣。有趣的东西，我们就喜欢传唱。

童谣和歌曲搭配着来，炊烟袅袅的乡村里便有了不再荒凉的生机。

生活虽然有些苦，没觉得有多苦。吃着煎饼，卷着大葱，就着歌谣。感觉身心里，一片安静也一片干净。干干净净的就像一首诗，一首单纯质朴似乎不再有寒凉和忧伤的诗。

现在的生活好了，算是走到了天堂。吃的喝的自不必说，就那些穿的用的，儿时连做梦怕都未曾梦得见。丰富的文化生活更不用说了，新鲜刺激的让你一时无法停下脚步。通俗的流行的，主流的非主流的，国内的国外的，一齐来，让人有些应接不暇。即便这样，好多人还觉得生活索然寡淡似乎没了意义。怕是大家都麻木了，麻木到回头不再能看得清自己。

时间一直在，却不见了童谣。

满大街的小屁孩，都在扯着大嗓门喊：妹妹你大胆的往前走，往前走，莫呀回头……让人听了，似乎不再能笑得出来。

物质和文化都灿烂的年代，也许这是一个人必经的风口。再多的感慨，也只能是感慨。时光里，我们再也回不去。不知怎么了，怕是自己不再能跟得上时代。感觉过往里，好多东西都变了味，不再是那年那月样的清纯和甜美模样。

我的儿时是有童谣的，它一直在我的心里。只不过那些童谣，是泥土酿成的味道，一种淳朴的善良的味道。

有事没事的时候，我依然会想起那些童谣。想起来，心里就有一种暖，一种欢快着的干净的暖。

温暖的柴火

回家，母亲正在给老山羊烤火。见我，激动得似乎说不出话。

羊要产仔了，就在最近几天。这几日偏冷，每天早晚都要给它燃一堆火。羊和人是一样的，都需要温暖。

好多年没烤过这样的火了，温暖顺着火光来。走近，母亲把我的手，握在火堆旁。火苗灿烂，把我的脸映得通红。烟火的滋味，让我久违的心一阵阵回暖。

小时候，每到冬来，家家都要生起一堆火。那时没有电，黑灯瞎火里，大家围着火盆，一边烤着柴火，一边拉着家常。夜的漫长，被一堆柴火烘得红红的，暖暖的。有了这样的一堆火，再长的夜，似乎也不觉得漫长。后来，有了《岳飞传》，有了《杨家将》，大家围着一堆火，围着一台红梅牌收音机，能听得整个寒夜似乎都是呼杨合兵。那时连柴草都缺，麦穰子、豆草、秫秸杆子之类，虽能起火，燃着燃着就将熄灭，烟雾能充满一屋子。不如棉柴和树枝，即便火萎靡，吹着吹着，仍有太多的火星在，星星之火，便可以燎原。晚上睡觉，母亲常端着火盆，给我们烤趟湿的鞋子，还有棉衣。晚上，要烘薄凉的被窝。清晨，还要烤凉薄的棉裤。夜半要是被冻醒，母亲便爬起来，燃一推柴火给我们。要是天太冷，一夜能起来烤好几回。就觉那时的夜很长，长过梅兰芳的评书。

为能让一个冬天，有火烤。储备柴草，便是一家人积极努力要做的事。特别是秋末，只要是能着火的柴草，大家都抢着往家里捡拾。砍柴割草拾麦茬，能捡的都捡回来，有时连牛粪都不放过。那会儿，有露天电影，常放映《红灯记》或《沙家浜》，似乎一点都不喜欢。唯有李玉和唱的这一句记得清晰，到今天都没能忘。提篮小卖拾煤渣，担水劈柴也靠她。我们好多年都在唱：提篮小妹拾麦荏，烧水劈柴也烤它。上中学的时候，似乎也还是这么唱。长大才知道，这句歌词竟唱错了好多年。要是那些年，有煤渣能拾该多好。记忆里，似乎那时还不知道何谓煤。

小时候，穿得很单薄。放学归来，小手小脚冻得红马虾一般，回到家放在锅门上烤，放在柴火上烤，最怕回过来味时的感觉，猫咬样往心里疼。这样的疼，一个冬天数不清多少回。也奇怪，走在冰天雪地里，只要冻过火了，也就不冷了。每一年冬天，手和脚都会冻得有脓肿血包，那时的冻根子曾一直陪着我好多年。母亲的手更不必说，每年冬天都胀烈，手上的口子无数，那些口子差不多像小孩子的嘴，血红血红的。疼得紧了，母亲就用油桂或沥青，在柴火上烤着涂抹。那样的冬天，多需要一堆堆熊熊燃烧的柴火啊！可惜，连柴草都是那么紧张。二老家老老小小，柴草每年都不济，母亲总要送一些柴草给他们。不然，那样的冬天怕是很难熬。

高一去镇里读书，山芋煎饼卷盐豆，一直吃到高三。我与成德还有郑强，三个人在一起吃。我们家里的鏊子大，成德总说我们家的煎饼是宽银幕，先吃我们的。母亲很勤劳，秋天的时候就去山里拾柴草。家里入冬时，就能积攒几大垛子。所以烙出来的煎饼，又大又脆又好吃。冬天，办公室里老师烧着炭炉。煎饼很冷难以下咽，大家排着队去炉火上烤，或贴在炉边烘。煎饼味顺着温暖跑遍整个办公室，连老师都说味道很好闻。就着辣椒盐豆，每顿饭都能吃出一身汗。高中三年很艰苦，那时并未觉得艰苦。看到别人吃着馒头，吃着米饭，虽有些眼馋，并不是多强烈。那时就想，我一定得好好读书，等将来有一天也能吃上白米白面，也能烤上煤球炉火。周末回家，母亲早把柴火点燃，等我围坐在柴火旁，然后说着一周来身边发生的事。一家人围坐在一起，烤着柴火，感觉很幸福，就觉每个周末似乎都过得快。

现在生活好了，家家似乎告别了柴火的味道，而母亲仍在坚持。给她买了取暖器，她舍不得用，说是浪费电。买了煤球炉子，也舍不得用，偏说烟味难闻。她总以用不上来为借口，烧着锅灶，烧着柴火。天冷了，还要带着狗儿猫儿，去羊圈里烤火取暖。父亲在的时候，和父亲一起。父亲去世后，就一个人带着这几样小东西，围着一堆火，一边烤，一边说着话。过去说话给父亲听，现在说话给自己听。

看着母亲燃起的柴火，似乎又一次回到从前，回到那些亲人身边，回到那些欢声笑语的夜晚。

从前太匆匆，仿佛仍是眼前的事。火堆旁，亲人似乎一个个远去，然而温暖还在。

高粱红了

儿子问我，高粱红是怎样的一种红？我一时答不上来。

儿子没见过高粱，他出生的时候，高粱地早在我们的视野里消失了。我也有二十多年，没见过高粱红了。即便让我说起，一时也很难描述得出来。

走进厨房，想找把笤帚给儿子看，未果。现在谁的家庭里，还用这样的物件来扫地和洗刷东西。

小时候，我是和高粱秸子一起成长的。高粱的那一种红，怎么说忘就忘了呢？小时候，满湖野里都是高粱。秋来，夕阳里能红半个天。高粱杆子能制成箔，高粱叶子能做成蓑衣，高粱穗子能扎成笤帚和刷把，高粱梃子能编成箅子和笆斗。饿了，每天都能吃到高粱窝窝和煎饼。高粱几乎成了记忆里不可或缺的美好。就这样一份美好，怎么就偏偏要搁置了几十年？

小时候，喜欢拾秋。秋收之后，田地里难免要剩余些瓜果之类的颗粒。看护的老人，满湖地跟着追赶。那时，高粱地和芦苇荡便是最好的躲避之处。有一次，几个看护的老人把我们堵在一块高粱地里，四个方位都站着人，看样子这一次他们是非抓到几个不可了。我们在高粱地里迂回了整整一天，天黑后才偷偷地顺着苇荡溜回家。现在和当年看护的叔叔爷爷说起此事，大家还都高兴地笑成一团呢。

高粱红了之后，高粱地差不多每年都要戒严。一是防人，更多是防鸟。生产队里的东西，最怕有人要惦记。无论看护的多么严紧，不免还要遭到袭击。少年时，我们几个小伙伴，经常和那些看护的老人斗智斗勇。有一次去偷高粱穗子回家煮饭吃，不小心被二老爷抓个正着。那是二老爷守护的阵地，原以为二老爷不会打，最后还是被打了一顿鞋底。到现在说起此事，母亲对二老爷似乎还有些埋怨。

特别喜欢到高粱地里去割草，不是那里草有多肥，主要是能把高粱叶子一起割下来，让割草的篮子充实得满满的。高粱的叶子甜丝丝的，家里养的牲畜最喜欢吃。生产队每年都有专人收割高粱叶子，晒干后留作来年牛马骡子作主食。

高粱熟了，鸟雀都会成群结队来。来了之后，专捡那些成熟的高粱果子吃。二老爷倒有绝招，拿一只破锣满湖地敲打。看着二老爷追着那些鸟雀打锣，不只是鸟雀欢天喜地，连我们都欢天喜地。那些年的鸟雀，不知怎么了，就喜欢和二老爷为敌，有事没事都跑来听锣声。二老爷赶不走，就站在地头大骂。鸟雀听不懂，叽叽喳喳的似乎在嘲笑二老爷。二老爷气，有时要操拾起棍棒或土疙瘩，满高粱地追着赶。从一块地跑去另一块地，二老爷每天都能撵出一身汗来。有时候，我们还帮助二老爷满湖地吆喝。鸟雀似乎不怕我们，我们每次来，它们也都跟着来，似乎是凑着热闹。想来这是多美的一幅景象啊，高粱、鸟雀、锣声、我们，在那个熟悉的田园里，上演着一场场热热闹闹的故事。这样的景象，怕只能永远留存在记忆里了。二十多年来，似乎再没能见过那么多的鸟儿，也再也没看过那么红的红高粱。每次回家，就连儿时的那些小伙伴们都不曾见的齐全。

那时的秋天，高粱穗子真的就像一个个红红的火把，高高的举向天空。深秋里，连高粱的叶子和裤子几乎都是红色的。那种红，似乎是记忆里最美的一种红。并非鲜艳，也非娇嫩，是那种自然的一种红，就像女子酒醉后的腮红，红得可爱红得恰到好处。最喜欢风声裹挟着秋天的这种红，那种乱仿佛肆无忌惮。远看，有一种狂野的美。风里，那声音哗哗如流水，可比流水声好听得多。站在高处，看那高粱红红地舞动着腰肢，心里也不免一阵阵的此起彼伏着澎湃。

贫穷年代里，高粱的那种红是一种怎样的温暖啊！

春节时，妻子让母亲给我们做几个篓子（高粱梃子制作而成）。母亲说，二十好几年没种过高粱了。看今年是不是能找到些种子，在园子里种一块，秋后便给你做。那时只当说着玩，上个周末，不想母亲打电话来问，说高粱红了，要怎样的一个箅子？妻子喜出望外，便急着要回家取。

高粱红了，听说后，我心底也阵阵热烈。

回家，门前园子里，高粱正舞着秋风。母亲站在地头，正扦着红红的高粱穗子。我对妻子说，你也多扦几朵带给儿子看，告诉他这就是高粱红。高粱红了，高粱红了，看着心里阵阵暖。看我们去，很多鸟儿也聚着来。蓝天白云下，它们也和我们一同分享着高粱红了的这份欣喜。

心底篇篇秋

走的时候，稻子还在青小里，苇还没有开花。

不想，回来时，稻子早已金黄，苇早就花开灿烂。时间过得真是快，只一个转身，她们竟长成一篇篇秋。

本打算这个假期哪儿都不去，只守着母亲的田园，在蛙声和蝉声里过一个安静美好的夏。

打小就喜欢行走在稻田的光阴里，赤着脚，踏出一片水声。趟着清澈，趟着干干净净的童年。心和天空一样蓝，蓝得就像水底的鱼。心里装得下一百个，乃至一千个高兴。那时，不知哪来的那么多鱼儿，满沟渠都是。见你就跑过来，绕在你的影里，摇晃着苇，摇晃着尾。只等你，给她一声声柔软的赞美或浅笑。即便你打了那水花，叮当响，它们也不肯离开。你、稻子、苇和小鱼儿，在风的思绪里脉动成一季极具魅惑的风景。既湿意，又诗意。青葱的简单里，你会因为鱼儿的欢闹停不下来。最喜田埂上的蒿草，一簇簇从水中来，肥硕硕鲜亮亮干净净。把她揽在怀里，那一缕缕清香会沿着单纯的向往入你的梦。然后，熨帖着你一个漫长的夏。

有人说童年太长，可我从未觉得。

蝉声、蛙声、雨声，还有稻子开花的声音，让整个夏欢天喜地。

不小心，长大了。长大了才知道，青小还是那般值得回味和思考。

仿佛很久没这样做，怕是再也不能做得来。那片田园没变，可我们的心态变了。说好了是成长，说不好了是世故，更多是虚伪。看着那一片曾经挚爱过的山山水水、花花草草，回首处徒留一份艳羡和麻木。想把什么都忘了，把什么都放了。可自己却怎么都不能狠下心来，也不能简单得起来。想来，人真是俗尘里一个怪物。

不想长大的时候，想长大。长大了，偏觉没什么好。当初一切都在美好里，美好的让你觉得活着就该是一种责任。什么都不想，什么都不再计较，只求认真的做好一份事去。做着做着，感觉有太多的不习惯。活着活着，有太多的不如意。有时，热血不免要沸腾出一片片正义样的潮声来。潮声退去，才觉满身伤痕。经人指点，方才领悟人该怎样活？该怎样慢慢学会适应？从学习说话始，学忍耐，学拍马逢迎，学见风使舵……有时，越学越觉得糊涂，越学越觉得迷惘。感觉学这些东西，比小时候初学方块字都要艰难得多。半辈子都过去了，偏觉得没多少长进。有时还要固执的逆着风行，仿佛只有逆着风行，内心才这般十二分的畅快淋漓。后来，人一茬茬聚，又一茬茬散，一茬茬来，又一茬茬去。刚想要有一点点适应，偏偏要老。老了，什么都懒得看，更懒得做。即便亲眼见，也装作若无其事。这个时候，才忽然觉得自己真正的长大了。大彻，便是大悟。有人说，这才是人生最高一种境界。是与不是，我说不清。

长大了，也就老了。就像这秋天，仿佛一切都快进入了尾声。然而，骨子里仍有几分不安分。是孤傲，还是孤单，不知道。就想趁着还能走得动的时候，去看一看远方里的安静。想把没看的看了，把没见的见了，不再空留一腔遗憾。不问政治，不问时事，只看行云流水去。行走间，每过一处山林，心便陡升一丝快慰。每座山里仿佛都有庙，每座庙里仿佛都是满满的人。络绎不绝处，太多的善男信女蜂拥来。烧香、磕头、求卦、许愿，那是怎样的一份热闹着的虔诚！多大款，多高官，三教九流……模样出脱的甚是高贵。求官，求财，求升学……经过太多的城，太多的庙，我只是看，我没什么求？要是真的有所求，唯一就是希望我的亲人我的朋友，能健健康康平平安安快快乐乐！

有人说，人活着，信仰仿佛已走远。若是信仰没了，人活着还有什么趣？近些年，好多人都信了神。官越大越信，钱越多越信。许是因为他们拥有的太多，需要庇护的就太多，譬如命。同行者云，他的一位朋友。现一某某局局长，官运亨通，却夜不能寐。便远道寻一最灵验庙宇，花高价求神庇佑。神说你不要跑更不要怕，都抓完了都不会抓着你，因为像你这样的官，没有几个不贪的。后来，别人都跑了，他没跑，他信了那神。后来还是被抓了去，一判就是十年。此时方悟，天底下不再有可信之仰。

　　一路妄言，走过太多的城与池，又走过太多的山和水。

　　那天，踩着长满青草的田埂，迎着一池池烟雨，心都随着青葱去……

　　那天，坐着列车坐着轮船坐上马背，迎着阵阵猎风，心便随着天高云淡去……

　　走着走着，心便开阔，便宁静。走着走着，仿佛什么都能拿得起，又什么有都能放得下。人生，真实如秋，看淡了便淡，看透了便透。越往北走，越觉秋来得早。秋的凉，淹没了一个夏天的阵阵热烈。

　　稻子已金黄，苇已花开灿烂，我的心却秋样辽远且安静。

　　不论走多远，迟早要回。回来，偏偏是秋，篇篇亦是秋。

揣一把泥土上路

小叔要移民去美国，大老爷死活不同意。小叔走那天，大老爷连送一程都没送。

那日，只听见大老爷站在堂屋门口破口大骂：贱种，国内横不下你，偏要出什么国。要滚就滚远远的，老子死了，也不要回来。从来不见发脾气的大老爷，那次果真气得不轻。

气归气，小叔最后还得要走。临行时，大老爷偷偷包了一包土，塞在小叔的皮箱底层。大老爷怕小叔离开家乡水土不服，会再度犯病，故特别而为之。

大老爷是临代教师，也是我们村子里礼数最多，读书也最多的一位老教师。他戴副眼镜，文文绉绉的，极像古书里说的儒生。我们那儿的人，大都叫他眼镜先生。大老爷开始并不懂中医，只因小叔赖夏迟迟不好，才开始想起学点中医来。小叔年少时，常生发痢疾和痈疽肿毒，起初无钱医治，远走他乡也不见其效。不日，大老爷便找来中医学书研读。而后，从《本草拾遗》中得知，黄土可治赖夏痢疾一病。大老爷就用黄土煎汤给小叔服，果真凑效。后来小叔的病，日渐痊愈。

这事之后，大老爷常被人笑称为"老中医"。大老爷只点头，从不作答。

小时候跌倒，不小心磕破了脚踝。大老爷就用泥土每天帮我调敷，或炒热布裹温熨，或开水冲化澄清洗涤。月余，真的见了效。虽留下疤痕，但无后患。

去美国不久，小叔似乎老病又犯。取西药治之，效甚微，便千里迢迢打越洋电话回。大老爷说，黄土一把，热水烫服，不日便解。小叔不信，打开电脑查看，黄土果真有解百毒之用。

每过一段日子，大老爷都会寄一袋黄土给小叔。并一再嘱咐，想家时就看看那黄土。

村子里，每回有人要出远门，都来讨大老爷一把土。仿佛那土，真的管用。有人说，大老爷那土，与当地的黄土不一样，是大老爷专门按照中医学配制而成的中药土。大老爷从不收钱，只是白送。送时，总要说一句，走了再远的路都别忘了回家。有人私下里问医生，家乡那土是不是真的管用。一部分人不知道，一部分人说不清，还有一部分人偏说是眼镜先生瞎胡诌。

一天，我问大老爷，果真那土有这样的奇效。大老爷笑着点头，土之净洁，百毒尚可解。奇效未必有，疗效一定有，特别是远行水土不适者疗效更佳。说到当下黄土，大老爷似乎慨叹。因为污染太重，疗效早不如前，甚或还会起相反作用。

翻查百度，果见土有此功用。和中解毒。治中暑吐泻，痢疾，痈疽肿毒，跌扑损伤。①李当之《药录》："治一切痈疽发背及患急黄热甚。"②《本草拾遗》："主泄痢冷热赤白，腹内热毒绞结痛，下血……"

去年三月，大老爷仙逝。去世前三天，就发邮件去美国。小叔赶回来时，大老爷已咽下最后一口气。小叔跪卧榻前，哭问是否还有什么东西留下。三老爷把大老爷留下的一包土交给小叔，并转达了大老爷的意思。告诉小叔，身体不适时，就饮一杯这样的土，用完了，就要想着回家来……

大老爷出殡那天，在院墙根的山芋窖子里，有人发现一把铁铲和几包土。

后来，每次出远门，村里人似乎养成了一种习惯。走之前，都要去大老爷的那个窖子里，揣一把泥土上路。

想做故乡一朵荷花

记忆里，村前村后的河塘内，到处都是荷花。那是岁月留给故乡，无法抹去的一份美好。

我喜欢荷花，喜欢她的含苞待放，喜欢她的净洁清纯，更喜欢她的唯美倾城样的盛开。那时，我们都很单纯，单纯的一如这朵朵绽放的荷花。不沾染一滴水色，一片污渍。那时的村庄，也干净，也简单，简单干净到只剩下一片祥和的静谧。

荷塘里的水很清澈，不只是照出荷的影子，也一样能照出我们的影子。村里人同吃一口井里的水，那井就凿在两个荷塘中间。有小路穿过荷塘，那条路一直通到小学堂的大门，还有各家各户。我们的校园，就面朝着两汪清清浅浅的荷塘。隔着窗，就能一眼望到塘里鲜鲜艳艳的荷花。

去学堂读书，要经过一座石桥。每次去，都要坐在石桥上玩一会儿。看荷花盛开，看游鱼戏耍，看一河葱绿拼命地生长。看得傻了，竟忘了上课的铃声。那时，难免要常被老师罚站。不知是有意，还是无意，就觉听老师咿咿呀呀地教课，竟不如站在教室外看波光潋滟的荷塘。

荷塘里的水，从山里来，带着草药的清香味，喝一口，能润贴到脾胃。那里的水，是我有生来喝到的最好的水。只有那样的水，那样的清澈，才足以配给那一池池荷花。

荷塘里有好多鱼，几乎是成群结队的。隔着水声，你能看到鱼的鳞波和欢笑的神情。鱼动，莲动，人的心几乎也要跟着动。晚上，母亲常用一块纱布做成吊网，扎起四角，放一包炒熟的豆粕，垂到水底下。几分钟后，提起，白花花的鱼，能把一个池塘都惊扰得欢天喜地。有时还能钓到虾、螺丝，还有泥鳅。夏日里，我们更喜欢去荷塘里，和小鱼们一起洗澡。鱼儿见我们去，欢快得不行。一齐跑过来，亲吻着我们的肌肤，吮吸着我们的指尖。做着各式各样，惹我们欢喜地乱。不小心，有一条大鱼扑入你的怀，让你一个晚上的心都怦怦跳。

放学去割猪草，回来时总要绕道来石桥，把一篮篮猪草放在水中长。哪里是要长什么菜，就是想去玩玩水，去看看荷花，去戏戏鱼。荷花灿烂着，我们也灿烂着。水的清澈，能把我们的脚和手，都浸泡得雪白雪白的。有小鱼跑到篮子里来，跑到我们脚边来，手一挽便能捉住好几条。我怀念那些小鱼儿，只要有水的地方，它们就会恣意地嬉闹，没有一点要逃和害怕的意思。

最喜夏日里，晨光熹微中的荷塘。荷花向着阳光开，开成浅浅的白，又浅浅的红。阳光里，多像青春年少的我们。积极向上，而又朴素真诚，仿佛要撇开世俗的所有羁绊，还有浑浊，静悄悄地开向空中，努力开成自己单纯的模样。荷花开满荷塘的样子，最可爱。一层层绿，一朵朵粉嫩，高低错落着，铺在一片清澈的水声里。那样连贯着又层层叠叠的美，开得让人有种说不出来的心花怒放。掐一朵荷叶，顶在头顶，把它当做遮阳的伞。擎着那绿荫，我们欢快地奔跑在夏天的热烈里。

塘里的荷花，清一色的粉粉艳艳，极像一盏盏宝莲灯。女孩子喜欢摘一朵，放在胸口或书桌的一端。那朵朵红，多像女孩的脸蛋，嫣然粉嫩，娇羞妩媚。荷的芳香，不带一点脂粉气，既清清凉凉的，又鲜鲜嫩嫩的。那花瓣，无论是单瓣或重瓣，都像涂了一层脂蜡，滑滑的明亮着，又清清柔软着，仿佛女子秀手里织出的一段锦。难怪古代那么多文人，喜欢将她入诗入梦入自家的宅院。

月光下，也喜欢去荷塘。月光下的荷塘，有不一样的美。一片清辉，洒在荷叶上，也洒在荷花上，羞涩得仿佛有一种夜的魅，要惑着人的心。夏日的夜晚，村里人最喜把席子拉到荷塘边的柿子树下。枕着水声，闻着荷香，听着蝉唱，数着星光，这是怎样一个奢侈的夜晚。夜深处，偶有蛙鸣鱼跃。这样的夜，一个荷塘都要生动了。我喜欢这种安静里的心跳，它能留给人太多美好的遐思。

年少时，一刻都未曾离开过荷塘。即便是去了镇上读书，每次回，也都绕道去看那几池荷花。算是有感情了，这满心里都是荷花，都是它那葳蕤盛开的样子。爱上荷花，也是从故乡始。

工作中，有时遇到了一些不顺心的事，也要回去跟荷塘说。城里一直喧嚣和浮躁，而我的心里始终装着故乡里的那一片荷塘，装着周敦颐一样的荷花。想着她，我的心就会安静澄明，开阔成一片蔚蓝。

不知几时，荷塘没了，河塘里的鱼也没了，就连学堂也没了，只剩一座石桥。荷塘早已淤积成一段往事，水黑黑的臭。荷塘中间的那眼老井，早被填上土石。去学堂的路，已长满了蒿草。尽管如此，每次回，我都要去那座石桥上坐一坐，瞅瞅发黄的青苔，看看寂寞的河床，想想曾经的过往。心也会得到片刻的宁静。坐在石桥上，我仿佛看到一池池荷花正接二连三在盛开。我想荷花了，想年少时的自己了，想那一片清澈的水声了，想那个安静美好充满诗意的乡村了。想着，自己就好像又回到那个美好的时光里去。

村里人已走散，人与人之间似乎也多了些陌生。村庄里杂草丛生，炊烟不再。转遍整个村庄，你再也不能找到一株荷了。童年的伙伴，也都寻不见。也许他们，都生存在各自不一样的烟火里。我故乡的荷塘呢？我故乡的清澈呢？我故乡的袅袅乡音呢？我故乡那纯情美艳的荷花呢？这一切，怕是再也找不到。

我多想做故乡的一朵不染的荷花，依然盛开在故乡那片曾经美丽的清澈里。

三十年后，我们一起归故乡

一个落雨的日子，我忽然想到三十年后。

三十年后，也许我已经不在这个人世了。然后，我又否定了。我想，我一定要在的。我对妻子说，三十年后我们都要在。那时，我会好好陪着你。我答应过，要带你去看乡下最美的夕阳。

记得老家在汶河边，周围是一望无际的稻田。小时候最喜欢坐在河沿，看夕阳铺满整条河道，看远里半个红红的天空。水天相接，炊烟里织成一条条金黄的缎带。秋日里，那是最美不过的。

一直想搬到乡下去，妻说乡下空气特好，人情味特浓。我觉得也是。遗憾的是，乡下不再有我们的土地了。自从入了曾经的非农户籍，我们的土地连同老宅都被招了去。我们都是在土里长大的孩子，乍离开土似乎有点不大能适应。是谁开除了我们土籍，到现在心里还有一股怨。从那天起，我们仿佛一群离群索居的孩子被生生的从故土给赶了出来。生活近二十年的乡村生活，也似乎要一下子被推脱得干净。毕业那年，我找到了队长，责问他为什么要收回我的土地？土地没了，落叶归根时，你让我们到哪儿去？队长呲着黄牙讥笑我太天真，净说没边际的话。你这孩子，农村是不是还没呆够啊。

当时脸一红，就走了。心里，似乎憋着一口闷气。

进了城，故乡似乎渐行渐远。每次回，仿佛只是走趟亲戚。父老乡亲依然热扑扑的迎来送往，可我骨子里总感觉有一种疏远说不出来。可能是我，回去的太少了。许是，留存在他们记忆里的影像太少。可每一次，我都要村前村后转个够。转够了，才舍得走。看看小时候割过猪草的麦地，捉过小鱼的池塘，放过牛羊的山坡……一切都是那么熟悉，又是那么的亲切，仿佛青梅竹马。只可惜，那里没有一寸属于我，没有一丛属于我。看着，有时心里阵阵酸痛。

妻子一直埋怨，我将她弄进城里来。她总说，城里不是想象中的好。尽管过去了好多年，可城里的生活她似乎还没有适应得来。那么多的路，那么多的车，那么多的高楼大厦，那么多的霓虹闪烁……仿佛都在陌生里。同一个小区的人，出出进进，也未能认识几个。混得只觉是个脸熟，却不再能叫得清他的名姓。原先总认为闹市区是最好的落处，争着挤着进来。现在，偏不觉得它有一丁点好。天空很小，小到几乎看不见。即便偶尔从楼层的夹缝里能瞅上几眼，也只是雾蒙蒙的一片。每个巷子或街道，声音都嘈杂得很。疙疙快快的，乱在乱里。连霓虹闪烁，都觉要刺得眼疼。别说喉咙了，一呼一吸阵阵干涩的要命。

城里，连喂条小狗都费劲。哪有地方去，整天只能圈在笼子里。想想，真怪可怜的。难怪小哈（我们家养的一条狗狗），整日里没有一点好气色。城里似乎很少有鸟来，鸟是飞不过高楼的，就像蝴蝶飞不过沧海。不是小鸟不来，是小鸟不想来，怕也是不敢来。就这样的灰头灰脸的天空，傻子才想来呢？何况那些精灵样的鸟儿们。河边是不能去了，刺鼻的臭，捂都捂不住。汽车个个像极放屁虫，闻着都想吐。妻子总说自己没有呆在城里的命，有时连吃点胡箹老南瓜，都担心哪天非要中毒不可。乡下的韭菜，乡下的蚕豆花，乡下满河旁的金菜花……还有青青不知名的草儿，连牲口吃了都要膘肥马壮的。

最喜天空那一汪蓝，是透了明的。还有那水，清澈的让你不敢触碰，纯粹是一池玉。最让人想念的是炊烟，还有夕阳里荷锄而归的美好。

农闲时节，姑姑婶婶都要围坐在社场的大柳树下撵着砣子，绣着花针，剪着鞋样。孩子们也三五成群，围在一簇撂石子，打老羊，跳沙包……阵阵欢声笑语，一波一波铃铛样，让整个村庄都一个劲的清脆响亮。真真觉得，是她们把岁月绣成了花。

一直怀念乡下，怀念乡下那一份曾经的纯净与美好。许是要老了，动不动就要想起从前。想起从前乡下那些姐妹，想起乡下那一片片青山绿水。还有稻菽花香，还有蛙鸣蝉唱，还有鸡鸭鸣鹅，还有猪马牛羊。还要想起老树，想起梨园，想起油菜花开的清晨，想起炊烟袅袅的午后，想起月光倾城的夜晚。

想着想着，就老了。

不知现在的故乡是怎样一份美好？听说河都干了，树都没了，田都荒了，人都散了，房子都东倒西歪了……人都去了哪儿了？不知道。时间都哪儿去了？也不知道。也许去了他们该去的地方，想来真叫人伤心的。听说后，妻一阵喜，感觉我们可以重新有我们自己的土地了。我说现在可以，三十年后就不敢保证了，那时的土地还会不会再能闲置得下来？说不定三十年后，城里人都会再争着跑到乡下去。

三十年后，我们都退休了，孩子的孩子也都大了。我们就一起回去，回去找队长再说说。给我们一块地。不需要多大的一块地，能盖一间房就行。房后植一圈树，房前种一圈花草。再给我们分把地，由我们种蔬菜吃。最好是有个小院子，也不要大。里面栽一棵桃树，一棵杏树，再栽一棵桃树，一棵杏树。因为，那都是孩子们最喜欢吃的果子。果子熟了，等孩子们一起回家吃。把小哈也带上，喂一群鸡鸭。让它撒着欢，跑遍整个村庄。

现在的故乡，都被弄得支离破碎了。到那时，怕是连故乡没了。故乡没了不怕，必定故土还在。故土在就好，那份泥土的气息永远都不会变。我想：留得住故土，就能留得住乡愁。

就这么定了，三十年后谁都不许先老去。那时，我们一起回故乡，种地，砍柴，面向夕阳，看春暖花开……

后记：让文字开成一片江湖

　　小时候，就很喜欢"江湖"这个词。这一份喜欢，许是源于金庸金大侠的《射雕英雄传》。

　　记得那时刚上初中，校园内正盛开着一树树桃花。那时电视极少，只在大队人家的院子里有一台，且是十四寸黑白的。下课钟声响起，大家一齐撒开缰子往那儿跑。若是去得晚了，即便是侧着身子，也很难看得全。回来的路上，时不时还要哼哼哈哈几声，模仿着华山论剑那一幕。

　　后来，不知从哪里弄了一本书，是那种前后页都不复存在的一本书。一放学，就跑到东边桃园子里去看，直看得江湖豪气冲天。后来，我们就把那儿当作黄老邪的桃花岛，且大家都各自有了封号。以桃条作剑，以苇杆作棍棒，武一出自导自演之射雕江湖。从那时，我就开始敬佩起金大侠，敬佩他的武侠江湖，敬佩他的文字功底。那时就想，要是某一天也能用自己的一管笔作剑，舞出一片属于自己的文字江湖该多好。

　　每次作文课，心思都在江湖上。老师常拿着我的习作在班级读，读得同学哈哈大笑。不知是表扬，还是揶揄，当时心里始终有一种兴奋在。要想成为江湖中人，首先得把书读好。老师意味深长地跟我说。从此，我记住了老师的话。

　　后来离开那个"桃花岛"，去了镇上读书。学校管得严，再没有时间偷跑出去看电视剧。而我对武侠之热爱，仍未曾减。一到周末，就跑到外边的书摊上去租武侠书。我不敢在课堂读，只能偷偷地躲在被窝里。看得兴头上，不免要在被窝里踢一通拳。时间长了，我的棉被只剩下一撮撮絮。因为看武侠小说，有一段时间成绩下滑得厉害。班主任找到我，苦口婆心地跟我讲，咱都是农村出来的孩子，咱可不能荒废了学业，咱的唯一出路就是考上学……要想看小说，有本事将来自己也去写。老师的话，给了我心灵沉重地一击。

从那时，我便告别了武侠书。

大部头书，不再读。周末，只能去镇东头地摊上看小人书。二分钱一本，有时也能看得热血沸腾。喜欢小人书，便是也从那一刻起。从小人书中，我知道了宋江和方腊，知道了桃园三结义，知道了白毛女、刘文学，知道了草原英雄小姐妹……

上了高中，一老师去校园里卖书，他是我小学时的音乐老师，姓杜。退休后，他专跑附近几个学校卖书。杜老师每次来学校，我都去帮忙。临走时，他都要送三两本杂志给我看。看完后，等老师下趟来卖书再还。那时没有钱买书，是杜老师给了我看书的机会。他几乎都要周三来，每到这个时候，我都会早早站在校门口那棵大柳树下等。杜老师一来，我就有书看了。《十月》、《读者》、《青年文摘》、《演讲口才》……只要老师给，我就看。多读书确是有用，那时，就觉我写的作文比其他同学要好。老师每每都要拿我的文章，当范文来读。这一半功劳，多得益于杜老师。直至今日，我都要感谢他！

大学时，我们206宿舍自编了一本月刊，叫《魂》。教书后，第二年就在学校里办了一份杂志《五色土》。十年后，去了宁海，就在那里成立一个丰泽园文学社。我的文字，一点点在这些小报上开着花。后来，不小心，文字就在县报上开了花，在市报上开了花，后来又在省报上开了花，开得自己满心窝的欢喜。

那时我就想，我的文字什么时候也能开成一片江湖。

这只个梦，这个梦到现在仍一直在做。零九年，学校有了电脑，一朋友帮我在新浪上建了个博客。我开始学着打字，学着复制和粘贴，学着去博海里游。忙里抽闲，一有空就到那里去种一两篇文字。不想，文字在这儿也能开出一朵朵鲜艳的花。

让我高兴的是，通过新浪我结识了更多的好朋友。在他们的鼓励和鞭策下，我便对文学产生了浓厚的兴趣。作家赵秀云、纳兰泽云、包利民，还有林炎清秋、一盏凝碧、大唐飞花……还有新浪草根名博的博乐们。他们都是我的老师，他们给了我太多的力量。

后来我遇到了作家陈恒礼、魏鹏、张蕊，遇到了诗人大卫、胡弦、管一、老九……他们给了我很多的信心。在那片开满文字的天地里，他们也该算是我的老师。在这里，我想真诚地说一声：谢谢你们！

二零一三年，第一部散文集《随风摇记忆》出版后，我一直未能停下来，也不想停下来。我真的开始喜欢文字了，喜欢到有时竟忘记吃饭和睡觉，忘记了烦恼和忧愁，忘记了红尘里的那些喧闹和争斗……文字让我富有，我因文字单纯而快乐。

特别近些年来，文字让我安静，让我的一颗心不再浮躁。我一直想让我的文字，开成自己的模样，开成莲一样的花。干净着这个世界，也干净着自己。

也许这只是一个梦想，有梦想也是不错的。

每次看到自己的文字，变成一朵朵水墨样的花，心便欢腾。相信有一天，我的文字也能盛开成一片江湖。

2016 年 5 月于城西勤政殿